A infância dos dias
Laís Barros Martins

A INFÂNCIA DOS DIAS

LAÍS BARROS MARTINS

1ª edição, 1ª reimpressão
São Paulo, 2019

LARANJA ORIGINAL

Pecaminosa maravilhança isso de dar
ao moloso do pensamento forma dura

Hilda Hilst, *Tu não te moves de ti*

Ser do tamanho que se pode

Hoje, quando despertei, achei que não estivesse esticada o bastante para os compromissos inadiáveis do dia. Estava diminuída.

Não que voltasse a ser criança, impossível. Apenas uma inapropriação incomum do tamanho, questão de encaixe, mal jeito incomodado, desajeitado. Da condição de estar diminuída.

Insisti e fui pra rua, medida da opressão que o mundo usa para nos ter sob controle – sempre me admira o tanto que somos, ocupando as ruas batizadas pelos homens e exercendo o direito garantido por lei de ir e vir.

Encontrei outros apequenados, apesar da graça. Eram do tamanho que podiam ser.

Os grandes não dava pra ver da altura do seu tamanho todo. Além do que, eu estava demasiado encolhida.

Como eu, ninguém. Diminuída, diminuindo.

Dobrei a esquina e sumi.

Sem deixar vestígio.

Se perguntarem por mim, diga que me encontrei. E fui, do tamanho que pude.

Xícara de chá, xícara de café

Sobre as dessemelhanças que o homogêneo contém, que faz cada um ser. As gentes entre se distinguir e ser igual, coisa estranha das contradições em que cabem os opostos e complementares.

Que até gêmeos idênticos têm as suas diferenças. Nada de mindinhos laçados ou a telepatia sincronizada da afinidade, João e José apareciam de costas dadas já nas ultrassonografias durante a gravidez, e mantiveram a mesma postura ao longo dos dias que a vida traria. Discordavam no jogo e no amor. Viviam de provocações e censuras. Maltratavam-se. A torto e a direito maltratavam-se.

Não se sabe ao certo se a discordância resultava de tanta semelhança, de terem assim a cara e o focinho um do outro; o branco dos olhos mais que iguais. Teimavam em discordar, como uma atividade que fosse enfim resultar em menos parecença. Um tão ensimesmado do outro. Ainda assim em nada coincidiam, antônimos que eram.

As comparações, inevitáveis. O espelho dos olhos dos outros que os perseguia sem descanso. Julgamentos com pareceres breves e determinantes. Uma azucrinação. O de dentro deles dizia impondo a individualidade que era tão de João mas tão de José também. O que seria do verde se todos gostassem do azul? Que existe diferença tanta até para as xícaras de chá, e as de café.

Nada definitivo. Nada igual. Nada idêntico, por favor. A única bandeira que levantaram em comunhão trazia exposto que cada coração era uma sentença, que em nada se assemelhava, a não ser em relação ao ponto final.

Sete

Mandaram plantar cedo demais a menina a ver se germinava. Iam observar aos domingos se lhe cresciam flores e se era bem visitada na companhia de colibris, de canto macio e insistente.

Encomendaram um caixote que lhe coubesse o corpo bem acomodado. A sete palmos do rés do chão escavaram o buraco que a receberia para sempre longe dos olhos do mundo, em silêncio.

A cerimônia roubou lágrimas até de quem não tinha costume; a família preferiu que fossem notas de uma canção a ser tocada nos dias de saudade extrema, como que para amenizar a queda vertiginosa de se perder o prumo. Lágrimas transformadas em sons de cores combinadas entre si em harmonia.

A missa de sétimo dia relembrou o trágico dos acontecimentos, mas trouxe à memória recente dos presentes também aquelas recordações que faziam questão de manter – o amarelo eleito e recém-declarado preferido, a vontade do que ser quando crescer, o paquera da hora do recreio, o segredo compartilhado: quisera ter sete vidas, como os gatos. Talvez assim...

Frases que já seriam incompletas de nascença.

Morrera na noite do dia anterior. Pena, seu número da sorte era o treze.

Diagnóstico

Nasceu com o coração machucado. O berço foi fixado numa daquelas unidades públicas de saúde, onde as filas sinalizam a angústia esperançada de atendimento. Ali, conhecera a dor precocemente, irreversível.

As enfermeiras lhe chamavam pelo nome nas visitas e se revezavam em seus turnos, deixando-a sempre no mesmo lugar, embaixo da janela de onde conhecia o mundo e recebia a luz do sol pelas manhãs.

Contou dois aniversários até receber a notícia de que estava liberada a ir conhecer o quarto que lhe esperava cheio de detalhes cor-de-rosa e o que mais quisesse, que agora era permitido.

Era cuidada de qualquer sobressalto que lhe pudesse disparar o órgão doente, nada de emoções que fugissem do controle.

Se perdemos o cérebro, ficamos sem a imaginação. Sem o coração, perdemos a capacidade de amar, e de ser amado em correspondência.

Gentileza

Eu ainda era pequena e já cheia de vontade. O trabalho do meu pai era fazer-me as vontades todas, ele dizia.

Quis uma bolsa que vi ser carregada por uma mulher na estação do trem. Era bonita, é só o que lembro. Puxei meu pai pela manga da camisa, insistente, e revelei isto a ele: "aquela bolsa é tão bonita".

Ele me pediu um minuto, recomendou que eu ficasse quietinha ali, junto à pilastra, e que esperasse. Logo voltaria.

Tomou rumo em direção à moça e foi breve. Pareceu gentil, a distância. Voltou com a bolsa na mão e um sorriso satisfeito — havia feito a minha vontade, e eu estava feliz.

Acontecia de eu querer uma ou outra coisa e, como eu soubesse do resultado positivo, costumava pedi-las ao meu pai — um lápis de cor, um brinquedo, aquela bolsa, um doce. E ganhava, ganhava, ganhava. Era bom. Eu ficava feliz, e ele triunfava, sempre gentil enquanto negociava minhas vontades com os donos dos meus objetos de desejo da vez. Acontecia sempre, cada vez com mais frequência.

Às vezes era mais difícil o ajuste, as pessoas resistiam porque gostavam do que possuíam, precisavam daquilo, não queriam me dar, claro. Nem me conheciam, afinal. Que comprasse, se contentasse com o que tinha, ou ficasse sem, qual o problema?

Não era uma resposta suficiente para o meu pai, já viciado em querer resolver minhas vontades. Se o pedido recebesse não como resposta, ele se demorava um pouco mais — da negociação à ameaça. Meu pai roubava para fazer-me as vontades, e já não era gentil.

Longe, bem longe daqui e de nós

Era um agosto seco, e por ruas de paralelepípedos disformes, quando muito, ou chão de terra batida mesmo, vermelha e empoeirada, vinha o menino. Vinha por ali por onde vivia, no bairro carente sustentado por programas sociais. Não podia sequer querer ir para mais longe. Parecia fadado aos limites das retas agudas dos pontos que eram os paralelepípedos se cruzando.

Vinha como vivia, sem grandes assaltos nem pequenas delícias. Não queria sequer poder melhorar aquilo tudo que não o fazia contente nem descontente.

Vinha como vivia e vez ou outra ouvia histórias de outros que viviam num lugar longe, bem longe dali. E às vezes até se identificava com algum personagem. "Era uma vez um homem muito, muito triste". "Só podia ser pobre então", foi a resposta dada pelo menino, interrompendo a história infantil típica dos contos de fadas.

Não importava como a história ia se desenrolar, o "feliz para sempre" não era coisa pra gente como ele, não. Queria mais era "meter bala". Se desculpar do seu destino culpando o dos outros. E metia mesmo, pra valer. Não sabia fazer muita coisa, mas o que sabia tinha que sair bem feito. Não sei bem dizer quando foi que começou a descaminhar ou se chegou mesmo a ter algum caminho. Papo social ou destino, nesses casos, tanto faz, viu?

Era tristeza da mãe ver os pés descalços naquele chão batido e orgulho o caderno de doze páginas doado no Natal de alguma boa ação, usado no dia da semana quando vinha aquela voluntária arrumadinha e cheirando a coletivo. Mais uma vez eram histórias tudo o que ouvia, longe, bem longe dali.

Foi na primavera que, enfim, se engraçou com uma menina magrela de chinela havaiana. Trazia os cabelos armados ou presos, feito os bandidos. Era uma diversão pro tempo livre. Pra todo o tempo que tinha. E ter tempo por ali era sempre adiantar as coisas, viver de antemão o mesmo que teria no dali a pouco. Em meses, um projeto de homem sem rumo feito à sua imagem e semelhança seria parido pela menina magrela, que leu na revista recortada do ano anterior que era bom saber o sexo da criança antes de decorar o quarto.

Seriam personagens de uma história que acontecia ali, no barraco de sucata deles, decorado com o lixo dos outros. Aprenderiam até algumas coisas: ser mãe, ser pai, ter dó e piedade e orgulho às vezes de qualquer coisa, só para cumprir o papel que aprenderam às pressas de ser mãe, de ser pai. E o filho cresceria ali, antes na barriga da menina magrela, depois no chão de terra batida vermelha e empoeirada de tantos pés que iam e vinham, sem rumo.

Isso deve ter ocupado por um tempo sua cabeça vazia. Mas, quando encheu, foi uma loucura. Sabia mesmo era meter bala. E isso fazia bem, resolvia qualquer situação. Na semana que passou, li a notícia estampada nos mesmos jornais que fingiam ignorar sua existência até então. Para o menino, enfim uma pequena delícia: a morte foi sua solução.

O curso das horas

Pedira um sinônimo para família. Aconteceu de ser domingo.

Foi um dia cheio, daqueles em que as horas são preenchidas e se extrapolam – quando vê, o ponteiro já completou outra volta e se apressa em direção à próxima.

A mesa era o ponto de encontro. As cadeiras contavam cinco lugares, agora já oito. Família com agregados. Já que chegam as crianças, e a alegria se reproduz em gritinhos animados, admirados com o mundo novo.

Não era mais tempo, contudo. Era domingo e chovia. A mesa cheia, e as horas extraviando o seu curso, tão depressa – melancolicamente depressa.

Uma cadeira ficou vazia. Éramos sete.

Apesar de a exclamação ser o exagero das intenções, ou talvez por isso mesmo, morreu feliz!

A do meio

Estar entre.

Pertencer a um grupo de três; nem o primeiro, nem o último. Sem título de nascença: primogênito ou caçula.

É não ter a preferência, não inaugurar quase nada, já que suas ações são repetidas — o outro já andou, falou, despontou e caiu o primeiro dente de leite, se formou no pré, beijou, passou no vestibular tudo antes de você. É herdar a roupa que não serve mais, dividir o quarto, ceder a vez, se virar. É querer justiça, mesmo que à base do grito ou do choro, já que a lei da casa protege antes o mais velho ou o mais novo. É reproduzir o senso comum por aí, no meio das gentes.

Seu destaque é pela metade. Você não é novidade; é reestreia. Você já aconteceu ali e está acontecendo em breve, sua mãe está grávida de novo. A atenção antes dividida será refracionada, o pequeno novato demanda cuidados, e a oferta de mimos tem taxas superfaturadas acumuladas em nova via, que não é única, mas é como se.

Aposto que há apostas sobre a alta incidência de ovelhas negras das famílias serem os filhos do meio. A residência no meio demanda movimentos coordenados: esticar, contorcer, dilatar, se ajeitar para encontrar um espaço no banco de trás, no meio, claro; as janelas estão reservadas para os seus irmãos.

Ser do meio tem parte legal? A enquete confirmou o não, segundo a maioria. Ainda que signifique ter no mínimo dois irmãos para contar, para colocar a culpa, para descontar a raiva, para improvisar o presente de dia das mães, para pentelhar o mais velho e também servir de exemplo ao mais novo, para ajudar na missão de espalhar pros quatro cantos que cada um é cada um, cada filho é um. Ser do meio é ser o número 2, mas é também ser um.

Ser do meio é, sobretudo, uma raridade. Não se fazem mais filhos do meio como antigamente. Por sorte, as famílias estão mais enxutas, tendo menos filhos, correndo menos o risco de deixar o do meio na posição apertada de ser.

Ser entre. [ ].

i, de infância

e de incrível que é o espanto antes da descoberta.

colher no jardim da infância histórias ou deixar livre e solta a imaginação fértil em busca daquelas que podem ter existido ou podem estar acontecendo na casa ao lado do vizinho do andar de baixo. como podem não.

coisas minhas, suas, nossas, de todo mundo que já frequentou parques de diversão, sentou em carteiras dispostas em filas em frente ao quadro negro, se recusou a experimentar o espinafre, se espantou com a agilidade do papai noel em distribuir presentes para todas as crianças em uma única noite sem ser visto, elegeu o pai como herói, chorou pequeno pelos mandos do irmão mais velho, foi cuidado e mimado pela avó, comeu bala antes do almoço, girou, girou até ficar zonzo, se escondeu tão bem no pique esconde que foi o último a ser descoberto, que perguntou muito "por quê?" sobre tudo, sobretudo.

com as crianças, assuntos surgem naturalmente e aos montes. um prato cheio para a curiosidade. sobre as crianças, um mundo conhecido nosso a redescobrir e um mundo novo, feito do entusiasmo colorido das novidades, sem muita importância e nenhuma urgência sequer.

porque encontrar o essencial das crianças que são aqui e agora é um movimento de construção, de entendimento e projeção. crianças são um espelho, uma régua, ou um dedo suspenso, em riste, apontando para o que está bem embaixo do nariz e não conseguimos, ou não queremos, ou não podemos, simplesmente, ver.

porque o exercício de olhar para trás recupera o que de nós merece registro. aquilo tudo que nos habitava ou o que nos tinha em centro, compondo o cenário dos nossos dias.

porque é preciso reinventar-se; a vida é uma constante reinvenção dos sentidos. a liberdade é um processo de entendimento do que fomos e do que queremos ser, para alcançar o é do agora presente e improrrogável.

porque é o índice comum da adulteza, a infância. porque fomos todos crianças um dia. porque dia ou outro queremos voltar a ser. porque mais dia, menos dia, quem sabe, logo ali, ao dobrar a esquina, vamos dar de cara de novo com quem primeiro nos deu as boas-vindas: nós mesmos.

Domingo

Sendo o domingo uma espécie de ritual que se repete com certa constância, seria possível conhecer a diferença deste domingo comparado àqueles de mil novecentos e bolinha. A fórmula seria equilibrar as memórias que guardava da avó, alguém que atravessara o século, com as miudezas circunstanciais de hoje em dia.

Entre rangidos, a porta se abria (por causa dos cupins que a machucavam e era minha diversão varrer pra fora a bagunça que causavam), e apareciam no vão as rugas que demoraram a dar as caras, mas que agora, sem volta, foram morar no rosto cansado da vó.

Apertava invariavelmente minhas bochechas sem cuidar se eu era eu, minha irmã ou qualquer uma das muitas primas. Sempre lembrando como estava corada e magra, e dizendo que saco vazio não para em pé, nos convidava a sentar à mesa sempre posta. Enquanto a gente não comesse, ou fingisse comer, ela não sossegaria e repetiria a ladainha decorada e depois imitada por mim por reconhecer um traço tão familiar no "do que tem não falta nada, come enquanto eu estou dando, depois que eu guardar não sobra nada".

E emendava noutro assunto sem fim que já fora repetido centenas de vezes, mas sempre com um tom ou um quê de novidade. Contava histórias como se quisesse, assim, escrever com a lembrança do conhecido o que já vinha vindo e que era impossível saber quanto mais ia durar.

E, então, numa brecha qualquer percebia que ninguém comia – e, que fique claro, essa era a preocupação maior que a ocupava na sua sempre falta do que fazer –, falava já distante em outros pensamentos: "come para não sair falando".

E aí, satisfeita, tirando a mesa do almoço e já pondo a do café, porque ali mesa vazia nunca fora vista, numa alternância quase mecânica de pratos, copos e xícaras, tudo do tempo bom de antigamente como não encontramos nada igual hoje em dia, por isso difícil de dizer aos que só sabem das modernidades barulhentas e sedentárias dos games.

Não dá para comparar nem música, nem filmes, nem arte de qualquer espécie, nem, muito menos, pessoas como as de então. O caráter era indiscutível, e quase todos tinham uma postura reta de costurar suas vidas. E a comida, ah! a comida, era feita em casa e saía cheirosa e quentinha dos fornos a lenha, que o vô madrugava cortando, e trazia já o leite morno recém-saído das tetas das vacas criadas ali mesmo, na fazenda, junto a porcos, galinhas e carneiros.

Depois a vó subia a passos miúdos no barranco que dava no pomar e colhia as laranjas e amoras e mangas e descascava as de descascar ou enchia a mão dos pequenos daquelas curiosas pretinhas azedas numa grande roda de conversas e de sabores e do calor gostoso daquela tarde aberta embaixo da ameixeira.

Aí a gente se fartava do simples que aqueles dias significavam: a madrugada regada por mugidos inquietos pela manhã que se pronunciava, pelo orvalho guardado nos cones empilhados por nós, os primos e netos, dos eucaliptos tão altos, pelo anúncio inconfundível do dia que nascia primeiro para as galinhas e depois para aqueles que viviam sem muita preocupação com o que estava vindo, a não ser o cuidado com uma mesa farta e uma comida sem classificações chatas e burguesas de mexicana, japonesa ou chinesa, quase sempre confundidas estas últimas.

Ela nos deixou a sós com os domingos que não conheceria. E tratamos de seguir com o que temos: escolher entre o Gugu e o Faustão; frequentar as missas mais para manter a boa aparência social do que por fé; se reunir com as amigas e disputar quem comprou mais sapatos, leu mais livros ou beijou mais bocas; se revirar no sofá, porque ou você tem um ar-condicionado ou não aguenta mais o calor; tentar ficar bem com o individualismo das relações ou se entregar ao mormaço tedioso e repetitivo dos sempre diferentes, mas tão iguais domingos.

Uma vida de então que não seria conhecida, a não ser pelas histórias repetidas da vó, sempre preocupada com as refeições das gerações que pariu e que nada fazia para incrementar os domingos que herdaríamos, porque mal sabia das rugas que já tomavam conta do resto do último dia que viveu neste mundo do aqui e agora.

A geometria da chuva
e outras questões metafísicas

Conheci na beira da estrada um menininho cansado e amarelo por volta da metade da sua primeira década de vida. Muito simples e conversador, me contou algumas de suas teorias e confessou seu sonho à meia voz, dando sentido àquele abril despedaçado: "quando eu for gente grande, o que eu quero mesmo é ser cientista, daqueles que têm resposta pra tudo, ou quase tudo, já basta".

Por um "cadinho" de tempo ficamos nós, os dois, proseando e deixando que o tempo passasse por entre a gente sem, no entanto, nos dar conta disso. Isso tudo ali, pertinho de onde a ponte cruza a estrada mesmo, e os homens vêm pescar para alimentar a tantada de bocas que puseram nesse mundão sem fim.

Cochichando, me revelou em tom de maior segredo:

"Podem falar o que quiser, mas para mim nada se compara à delícia que é dormir enquanto a chuva cai. Enquanto a chuva cai lá fora e faz barulho na nossa janela. Enquanto a chuva cai no mundo dos outros, e a gente imagina que não existe nada além da vida na nossa cama enquanto dormimos no nosso quarto ouvindo a chuva cair".

Aproveitamos que chovia uma chuva fininha que não faz mal a ninguém, mas molha quem se esquece embaixo dela, e passamos a discursar sobre ela, que era a única que nos visitava naquele meio de estrada e nos oferecia, além da companhia, uma brisa melódica que rebatia meu chapéu e o boné do menino ora para um lado, ora para o outro.

Era uma chuva fina e diagonal a que caía como se o mundo fosse quadrado. "Mas, espera lá", disse o menino pensando bem. "Se ele é redondo, a gente é que deve de estar inclinado. A chuva fina é então diametral e externa à circunferência que apoia a nossa vida". E vida e chuva estariam de acordo, já que nem uma nem outra é reta, mas cheias de sinuosidades e entraves.

Devo dizer que aquilo tudo geométrico e mal ou bem calculado (para mim, que sou tão deficiente nas ciências exatas, não faria a menor diferença, e eu tomaria como verdadeiro até se ele, o menino cansado e amarelo e simples e conversador, dissesse que dois e dois não podiam, de jeito nenhum, ser quatro) me fez pensar um pouco, e logo completei, fingindo acompanhar o seu raciocínio:

"Pois não é que não tem mesmo forma alguma que defina existência tão desajustada como a nossa". E aí apresentei umas filosofias metafísicas meia-bocas que nós tomamos pra ajudar no decorrer dos nossos passos. "Então a gente se agarra à mãe arrependida e cuidadosa que dá mil beijos por cima do edredom que esconde o filho magoado pela bronca recém-esporrada ou ao pai do céu, que é tão grande, mas tão grande, que de pequeno achamos que não o alcançamos com a mão e, vai ver, quando a gente cresce continua sem conseguir, ou então ao seu Zé que vende picolé na esquina da rua direita que só sobe e que nos assegura que um doce pode alegrar a vida".

Isso tudo, de tão nítido na memória, parece que foi ontem, mas faz parte de um tempo remoto que ficou para trás. Continua atual porque abril algum jamais se recuperou do seu transtorno habitual. E hoje já não sei se o menino sente-se mais disposto e mais corado ou se o mundo roubou suas ideias, mas cuidou de conservar a sua simplicidade. Só sei que, bem ou mal calculado, ele deve estar para completar sua quarta década de vida, e eu já com o pé na porta de saída. Sei também que, vez ou outra, toda aquela ladainha de mãe, papai do céu e o seu Zé do picolé toma conta de mim, e eu logo paro de pensar (pensar não leva a nada e eu sozinho sou quase nada), porque são coisas tão difíceis de entender (talvez porque não tenham explicação).

Sei que eu prefiro continuar, ainda que só hoje, parado na cama enquanto o mundo gira ao meu redor, ou não, ouvindo a chuva cair e acreditando que não existe nada além da vida que eu vivo enquanto durmo no meu quarto e peço a mil estrelas cadentes que não me deixem pensar mais bobeira alguma.

Quando as coisas são sem ser: é vazio

O pai saiu cedo dizendo que ia resolver coisas. Era um dia comum entre a sexta-feira da Paixão e o domingo de

Páscoa, mas que parecia despregado da contagem sequencial do tempo. Mal tomou seu café, beliscando sem ver uma coisa aqui outra ali, sempre cabisbaixo. Quando viu, já estava na rua com a cabeça a mil. Passou na casa de uns amigos, dando a notícia indistintamente. Na banca, comprou o jornal do dia e meteu-o embaixo do braço, sem dar por ele. Na floricultura, encomendas e um bilhete curto, evasivo.

Naquele dia não foi ao trabalho, mas teve que avisar. Dei por sua falta mais ou menos na hora do lanche. Ainda era cedo, mas naquele dia foi o papai quem me levou para a escola. Não quis brincar, e os meus colegas me chateavam tanto. Quis estar só. Tenho medo de que tenha sido essa minha vontade tola e egoísta que te levou.

Não sei onde você está. Primeiros dias, os brinquedos ficavam espalhados pelo chão sem ninguém catar. Não fiz os deveres de casa, não tinha com quem me preocupar. Dormia tarde, comia bolachinha recheada antes do almoço, e cada dia um coleguinha vinha me visitar.

Mas eles logo também deram por sua falta, e, confesso, não sabia mais que desculpa inventar: as compras não tinham fim, os convites se amontoavam na sua agenda, viagens frequentes e compromissos importantes.

O papai também por muito tempo se ocupou das desculpas e em dar notícias suas aos de casa ou aos xeretas de plantão. Quando, enfim, tudo deu trégua e o mundo esqueceu, vi que, sozinho, ele soluçou. Tão alto e mudo que o soluço ressoou longe preso no peito.

Cansei de estar só. Mas comecei a me virar e, mãe, aposto que você teria orgulho de mim. Aprendi a tomar banho sozinho, voltei a me empenhar na escola e até ganhei uma medalha na natação mês passado.

Mas, para onde quer que eu olhe, o que vejo são lembranças sem, no entanto, te encontrar. E sem você aqui, então, é como se as coisas fossem por ser, mas sem sentido.

Papai nunca mais casou nem sorriu. Vivia os dias esperando o final do mês, tão sem luz e tão sem gosto quanto a água-viva que só já tem sal nas veias. Esquecer foi a solução que encontrou para se livrar dos travesseiros molhados.

Quanto a mim, dizem que é uma judiação isso com um menino tão pequeno como eu. Estou sozinho não sei se porque quero ou porque você não está aqui. O papai está se esforçando, mas não é nada perto do tamanho do tanto que eu gosto de você. Como pode eu aqui e você sei lá onde? Volta que eu já não aguento mais com as desculpas esfarrapadas que invento. Volta que eu já não sei mais. O meu mundo se viu de ponta-cabeça desde então para sempre.

Foi mais ou menos assim que imaginei como o menino teria tomado a notícia dada na seção policial junto aos assaltos, roubos de carro e assassinatos do final de semana. Ninguém se preocupou, ao redigir a notinha, com isso de uma criança ainda criança ficar sem a mãe, com a maneira meio capenga e sem jeito do menino, e do viúvo, em esperar que as coisas se ajeitassem e que pudessem, enfim, entender o que eu não entendia disso acontecer com uma criança ainda criança.

Conheci o menino na creche que, sem querer, continuava a frequentar e onde, sem vontade, continuava a conviver com o grupo de doze crianças que nada podiam contra o fato noticiado no canto inferior esquerdo do jornal empacado na banca, sem vendas nem assinaturas.

Sem título

Naquele dia, ela ainda não sabia, mas seu filho nascia gerado pela barriga de outra mulher. Para que se encontrassem enfim, a vida precisaria dar voltas, mas a isso já está acostumada por ser feita delas.

Os processos se arrastaram lentos por bem mais de nove meses até julgarem-na apta a ser mãe.

Não se sabe quais os motivos que levaram a desconhecida a entregar o filho gerado. Há e falta tanto.

Ele entenderia. Por isso, era importante contar a sua história, bonita porque a história dele. Que não faltasse a ele mais do que há.

A data comemorada pela nova família não é o dia do aniversário do recém-chegado, mas quando veio para ficar. As boas-vindas se repetem festivas a cada ano, e o presente se renova na vontade de ficar, por escolha. Eram escolhidos entre si, sem títulos.

Pra quando a hora chegar

Quando vejo uma criança mimadaebirrenta esperneando ranheta pelos cantos, no banco de trás do carro, na fila enorme sem fim do supermercado ou no quer porque quer ir de novo naquele brinquedo que gira-gira-gira sem parar, penso logo nos preservativos. São uma espécie de acessório para a diversão dos adultos, e quanta dor de cabeça não podem poupar!

Fiquei por algum tempo observando andar pelos shoppings, naquele sábado bonito mesmo pra praia ou pro parque, aquelas que eu supunha serem mães de primeira viagem, mães solteiras ou mães ainda verdes, como eu seria se fosse. Elas pareciam carregar um selo em comum que dizia: "cuidado, mães a ponto de explodir" ou "mantenha distância, mãe por perto". Todas com um semblante cansado e aquela aparência pós-parto que dura cerca de uns 18 ciclos menstruais.

Mas aconteceu que, outro dia mesmo, eu estava com o meu instinto materno aguçado. E é engraçado se dar conta de que, só porque alguma coisa em você se alterou, tudo parece mudar junto, feito um efeito dos brinquedos gira-gira-gira sem parar. Os estrupiciozinhos corriam e puxavam a barra da saia da mãe meio que avisando "olá, ainda estou aqui, viu?!", ou empurravam os coleguinhas e se desequilibravam revelando uma necessidade de ter proteção por perto, ou ainda, aqueles menores, se enroscavam no pescoço daquela que sabem ser o motivo por estarem ali e então riem, riem com gosto.

É quase um atentado uma barreira de borracha não trazer à tona seres tão cheios de graça assim. Claro, depois que você passa de verde para o ponto, para o ponto certo de conseguir saborear bem esses momentos. Porque, depois que crescem, é para o mundo mesmo que vão dar as suas próprias voltas intermitentes e aparentemente sem sentido no grande brinquedo que gira, gira, gira e nos carrega junto sem a gente ter tempo de entender, nos arrasta e a gente parece não escolher, mas que depois para e, vai ver, estamos exatamente onde deveríamos estar para remendar a nossa cabeça que tanto bateu e ordenar as ideias tão loucas-varridas e que agora servem até para compartilhar, estão enfim maduras.

Por isso hoje, nesse outubro de nossa senhora e das nossas senhoras que enfim pariram seus seres cheios de graça e de birra e de dor e de dom como todo mundo mesmo, desejo um feliz dia das crianças.

Feliz dia dos pentelhos, pirralhos, crianças metidinhas a "pré-aborrecentes", moleques com nariz escorrendo, menininhas de maquiagem e salto alto. E tem aquele tanto de palhaços sem graça, e algodão doce melado, e sorvetes derretendo. Aqueles brinquedos que gastam a pilha, barulhentos, irritantes. E aquelas outras crianças que não receberam presente, que brincam com armas e cheiram cola. E outras poucas que não se contentam com o muito que têm.

Mas um feliz dia das crianças mesmo só para aqueles que, apesar dos pesares, conseguem manter algum traço de inocência, carisma e alegria das crianças-crianças de verdade, que volta e meia atiçam meu instinto materno de verde indo pro ponto.

Quarto quadrado de quatro cantos

Sonho. O da menina era um sonho cheio de portas, e cada uma delas guardava detalhes de uma imaginação bem cultivada. Aquilo me chamou a atenção enquanto discutíamos o tema e cada criança comentava o que havia sonhado na noite anterior ou o que sonhava ser dali a alguns anos.

No meio da noite, aquela conversa vem me visitar, e eu me entrego aos meus próprios sonhos, tão raros nesses dias atarefados e de relações tão superficiais. Tudo é escuridão aqui dentro quando eu fecho os olhos. O que eu tenho é um resto de nada, e é com o imprevisível que eu devo me virar, minha única certeza líquida.

Então ouço uma voz ecoando dentro do que é fora de mim, mas que me pertence [como uma conta bancária cheia de barras de ouro], e ela diz já estar providenciando alguma coisa que me faça feliz.

Penso que é um alívio ter alguma coisa que se move a meu favor. Deposito nela minhas esperanças, já que eu não sei o que pedir. Nada mais me prende. E essa minha nova condição livre não me diz para onde ir. Imprevisível. Eu não me encontro. Eu não sou.

As dú(í)vidas servem para nos manter acordados. Eu grito em silêncio um "basta" sonoro. Elas saem então correndo apressadas de medo [como o assalariado minimamente pago prestes a ter sua conta bancária confiscada pela ordem e pelo progresso].

Fecho os olhos e, enquanto tudo é escuridão aqui dentro, peço que os sonhos desçam em visita-vigília [o sonho é o que eu escrevo de olhos fechados, com letra cursiva-escrava brasileira].

No sonho, escolho entre mil portas pelas quais devo

passar, e cada uma vai me trazendo coisas diferentes que antes eu não sabia, mas de repente logo já sei [ele vai construindo-se palavra por palavra, na ordem, tempo e espaço que eu dito].

No sonho, volto a ser criança, como agora há pouco, de novo. E é pequeno e apertado o quarto e o coração da menina que eu era-sou. Assim como ela era grande pro tamanho do quarto, também os sentimentos o eram para o seu coração [no quarto se sentia comprimida; com seu coração, deprimida].

O quarto não comportava mais ninguém; e o coração com tanta falta de alguém. E ela (eu) gritava em silêncio enquanto eu (ela) ia escrevendo com letra esculachada nosso sonho: "Abra a porta! A janela! Deixa o vento entrar e secar as minhas lágrimas... Vento, entra! Traga consigo notícia boa, esperança nova. Vento, sai! Leva contigo presságio ruim, cansei de esperar".

[...] só o vento tem movimento. A menina acordada-sonâmbula, que se confunde com essa e com a de ontem, continua exprimida em seu quarto quadrado de quatro cantos e no silêncio do coração que não consegue mais cantar.

A ladainha e o sermão

Os padres de hoje em dia parecem querer entender de tudo um pouco. Não contentes em ter o ramo religioso todo para eles, que por si só já é bem dispendioso e rentável, diga-se de passagem, querem também meter o bedelho na política e na economia, estendendo além da conta seus sermões, desde sempre cansativos.

Domingo passado acompanhei uma missa. Estava necessitada de umas orações que aliviassem esse coração tão perdido e tão apaixonado. E tive a sensação de que foi "indagorinha" que a gente frequentava as missas, obrigados por nossos pais e acompanhados de nossos irmãos, sem dar por elas, contudo. O sermão latinizado do padre gagá era feito apenas para as carolas dos primeiros bancos. Nós, mais ao fundo, só conseguíamos acompanhar o sinal da cruz, por conta dos gestos.

Aborrecidos com aquilo tudo, sentávamos nós, os menores, aos pés das nossas mães, principalmente no domingo de ramos ou confissão pré-páscoa, quando a igreja mais lotava daqueles que só vão às missas nessas ocasiões solenes, cumprir o papel de bom cristão.

Foi naquela época que comecei a construir a sua imagem à semelhança daquele que deveria ser o certo apenas quando chegasse a hora de subir ao altar, obedecendo ao sacramento do matrimônio, com direito a arroz nos noivos e bebida pros convidados.

E você precisava ver! A imagem que eu construí para você, com o coração já tão perdido e tão apaixonado, é linda.

Mesmo agora, com rachaduras, eu a adoro como a um santo lá no altar. Falta um pedaço daquela vez que joguei na parede, lembra? Se perdeu por aí... Talvez alguma simpatia ou reza braba o traga de volta. Ou seja de serventia para a pobre pecadora sempre pedindo piedade que veio depois de mim e ocupou o meu lugar.

[A ladainha é sempre a mesma, e os corpos continuam cambaleantes ao som do rosário rezado em rodas ou em missas encaloradas pelo mormaço da igreja de vitrais tão altos, tão próximos do céu e tão terrenos quanto o ouro, o cálice, a mirra].

Você no altar. Eu na cruz. Por muito tempo estive ajoelhada a seus pés louvando e pedindo salvações e rogando preces e pagando promessas. Pequei por excesso de zelo ou por falta de fé. Amor devotado a pagãos é como jogar pedra na cruz. Um disparate. [O amor é tão divino e tão terreno quanto os vitrais tão altos e tão coloridos daquela igreja de tantos fiéis tão descrentes].

Sua imagem tem tantas rachaduras, não vê? Um espírito natalino pede redenção em mim. Eu me rendo. Eu me entrego. Eu desisto. Eu cansei.

Então balbucio, sem muita fé, não como aprendi, mas como me resta fazer: Cristo, tende piedade de nós. Não nos deixeis cair em tentação, mas livrai-nos do mal.

Amém.

No recreio

Milton era o menino magricelo, de óculos e baixinho que eu observava durante os recreios. Talvez pelos fracassos sucessivos de defesa ou talvez porque fosse incapaz de se defender perante aquela turminha da pesada, Milton ficava sempre sozinho.

Milton e os colegas talvez não soubessem, mas aquilo era a prática, hoje em moda nos círculos de discussões, conhecida como *bullying*: atos intencionais e repetidos de violência física e psicológica com a finalidade de intimidar ou agredir outra pessoa. A pessoa era Milton e é sobre ele que vou contar enquanto o observo, neste recreio.

Milton chora abafado num canto escuso e sem beira nem eira porque foi deixado de lado no jogo sem regras que os colegas inventaram para acabar com a pasmaceira das aulas proferidas num tom só desde o começo até o fim pela professorinha que acabara de passar no concurso público, sem estudar.

Milton era café com leite e nada mais podia fazer além de sentir-se inútil, excluído colocado de lado no meio-campo das decisões do capitão do time, da sala, da rua, do prédio, dos meninos e meninas. Os "grandes" sempre se aproveitavam dele, que era tão bobinho pequeno chorão e dedo-duro — na onda de trocar o lanche de pão com mortadela embrulhado em papel alumínio por bolinhas de gude, davam um jeitinho e enganavam fácil, fácil o moleque, que ficava de mãos abanando, sem um nem outro.

Milton odiava sempre seus recreios, e o coração suava frio palpitando até a hora "agá" em que o sino soava e avisava que o recreio ia começar. Aí então cada um corria ao encontro do amiguinho de que mais gostava, iam enfim dividir seus lanches, contar piadas e besteiras, os meninos; fofocas e novidades, as meninas.

Milton ficava de lado remoendo as ofensas e os risinhos abafados e maliciosos. Ninguém podia fazer nada por ele porque ele, medroso, silenciava e ia acumulando numa pilha uma por uma por duas e três as provocações, que ia ver já somavam mais de vinte estilhaços da carne boba e mole e vulnerável que a gente carrega no meio do peito mais pro lado esquerdo do que pro direito: coloca o ouvido aqui, para escutar.

Milton encontrou uma distração naquele dia em que os meninos "grandes" descontrolaram suas rédeas e verbalizaram e agilizaram as ofensas entaladas pelo resto de bom senso, mas que num golpe fizeram jorrar sangue do coração semicortado, já partido e perfurado a finas agulhas que espetavam sem poderem ver os outros onde era – bem aqui, olha mais de perto.

Milton agachou e distraiu-se no exercício cuidadoso e solitário que não era grande coisa, mas que servia para esquecer-se do jogo que rolava na quadra onde o capitão só deixava entrar quem ele bem entendesse, e, cá para nós, ele não entendia bulhufas das coisas. Ficou assim então agachado observando o bicho no pátio [era um bicho completamente estranho, sem que dessem notícia antes dele em nenhuma paragem de banda alguma. Carregava o verdeamarelo estampado no corpo miniatura de tamanduá misturado com bico de pato aberto babando em busca da mosca. Coitado, era brasileiro! Pobre coitado vagabundo solitário bicho. Como se não bastasse sua esquisitice por si só, deveria se virar de ponta-cabeça para se virar nesse mundo sujismundo e feio de dar dó. Nada podendo ser feito de ordem maior irrevogável da maior urgência, Milton pisou no bicho esfarelando o coitado e livrando-o da sua própria desgraça, de existir].

Hoje, no recreio deste quatro de setembro em que eu o observo, é seu aniversário. Ele está completando seus seis anos. Mas, embora o dia seja especial e peça comemoração, até a mãe esqueceu-se da única responsabilidade de recolher o filho na escola, enlevada que era com a beleza de suas unhas cabelos cascos e pelos e tripas e estrume, de vaca.

Chorinho

Um bebê não chora sozinho. O choro acorda a mãe, que levanta pronta em seu socorro. Incomoda o pai, que se revira na cama procurando nova posição para retomar o sono. Atravessa paredes e é ouvido pelos vizinhos do andar de cima, ou de onde será que vem esse choro que tem hora marcada para começar todo dia, dia após dia?

É choro de fome, de sono, de manha ou de manhã? É de madrugada — os bebês têm, teimosamente, um tempo diferente da gente grande.

Em notas improvisadas, o choro tem isso de dúvida. Mães de primeira viagem se cobram por não saber reconhecer choro de que chora seu bebê.

Mesmo se é segundo, terceiro ou quarto filho. Choro é único, varia muito e nunca é igual a outro. Choro é da gente. Da parte de dentro da gente.

O choro é amigo do ombro, e o ombro nunca deixa o choro na mão. Suporta, consola, poça-d'água é o ombro amigo do choro. Ombro da mãe que apoia e nina o bebê no embalo gingado de um lado pro outro, conforto.

Afinal, chorinho não se chora sozinho. Precisa de roda, precisa de compasso e de companhia. Precisa de alegria para depois do choro começar outro dia, sempre um novo dia.

Nome pra vida

O nome da gente não é a gente quem escolhe. Portanto, há sempre a possibilidade de responsabilizar, ou culpar, alguém por como somos chamados por aí, que é um "cadinho" diferente em cada canto por onde a gente ande.

É uma decisão difícil, que envolve pelo menos duas pessoas – o pai e a mãe. Mas sempre tem mais gente para dar pitaco, dizendo o que prefere ou deixa de preferir, como se isso fosse mudar qualquer coisa. Como se fosse possível mudar a opinião de obstinados pais ou a ideia amadurecida ao longo do tempo: "Quando eu crescer e for mãe, minha filha vai se chamar..."

Fulana ou ciclana, tanto faz. Bom, não é bem assim. Importa. A escolha do nome do bebê é um processo cuidado, de consulta a listas enormes compiladas em livros, de ornamento simbólico conforme o zodíaco ou a numerologia, de homenagem a avós ou tias-avós, de referências da telinha ou da telona, de moda, de época, de gosto; sobretudo, de gosto.

A vida toda gerando o nome com que chamar sua cria ou, pelo menos, os nove meses, tempo da gestação sem pressa. É tempo suficiente para uma escolha acertada, mas não a garantia de que o herdeiro irá se satisfazer e se reconhecer no nome a ser chamado na escola, no trabalho, na balada, por aquela garota, aquela.

O nome pode carregar acessórios, os pequenos enfeites, charmosos pra uns, desnecessários pra outros, de um "h" a mais, um "y" dos mais chiques, uma consoante vinda em dobro. O nome pode receber pronúncias diferentes, sabores na língua de quem fala, o sotaque – cuidado com "r" demais pros mineiros, "t" pros do interior, e, imagina, vai que seu filho vá morar fora, precisará de um nome apropriado que seja, tipo assim, universal.

O nome das gentes. Artigo pessoal e intransferível. Coisa séria. Coisa pro resto da vida. Coisa a virar doce obediência quando chamado por aquela garota, aquela que tem nome certo, pro resto da vida.

A espera

O pai que nunca existiu, o pai que não veio, o pai que chegou atrasado, o pai que foi embora cedo demais. O pai que sempre esteve ali, mesmo que só de ouvir falar, na memória ou de tanto imaginar.

"O", o artigo definido, porque embora se tenha nenhum ou mais de um, será sempre "o" pai que te gerou junto à sua mãe.

Daí o sentimento maltratado de quem nunca conheceu ou conviveu com esse sujeito, por força do destino, por egoísmo ou pelas circunstâncias, tão injustificadas, ainda que despertem tantos questionamentos, a busca dos porquês.

O pai morto antes que suas memórias pudessem se consolidar, uma vaga lembrança de um sorriso, algumas fotos e saudade.

O pai sem nome, sem endereço e sem telefone. Diz--se que ele existiu, mas foi em busca de alguma coisa muito importante e deixou para trás em seu caminho alguém, o mais importante.

O pai que não conseguiu ser pai naquela hora, mas que voltou a ser pai quando pôde. Perdeu aniversários, formatura, dias corriqueiros de piscina e de sorvete, mas levou você até o altar e te entregou ao homem que você escolheu para ser o pai dos seus filhos.

O pai nosso de cada dia, que lhe dava a bênção a cada dia nascido, buscava você na escola, voltava do trabalho à noitinha, cansado, mas que você sabia que podia contar com ele, até que deixou de existir, pelo menos aqui.

O cartão do dia dos pais feito em sala de aula ia pro avô, praquele tio querido ou pro irmão mais velho. O cartão que nunca foi entregue, esperando você chegar, pai.

Bula

Indicações: dose única e diária de mais amor, por favor. Uso interno. Manter ao alcance de crianças e adultos, sem restrições. Conservar em local fresco e arejado, ao abrigo do coração, como as boas amizades. O amor vai agir em você e contagiar todos à sua volta. Pode causar febre. Uma receita para o dia a dia bem vivido. Sem dores de cabeça.

Os quintais

O meu quintal da infância tinha pedrinhas para desviar da grama em um caminhozinho alternado — era brincadeira garantida por si só, registrada em foto, ainda bem. O muro de lá dava para um terreno vazio, e o de cá era margeado por um rio que mais tarde foi canalizado e virou via rápida alternativa para pedestres cortarem caminho.

Mas, claro, que nunca são os limites que interessam, mas o que vai além. Os quintais são uma janela aberta para o de fora — um espaço para criar e expandir além dos muros.

É onde se brinca com a imaginação livre e se alimenta criatividade suficiente para ser capaz de manter até um diálogo fértil com um amigo imaginário; se for o caso, inventando frases para os dois personagens e se divertindo com a própria companhia.

Receber estímulo dos espaços abertos e sem influências das coisas já prontas do mundo exterior ajuda a criança a construir os seus próprios brinquedos e a passar o tempo, feliz na melhor das hipóteses. Os formatos das nuvens viram facilmente desenhos e figuras; batatas e palitos de dentes são de repente já animais vivos; rolos de papel higiênico se transformam em marionetes para um teatrinho improvisado.

Uma das poucas imagens nítidas da minha infância amnésica são as caixas de papelão trazidas do supermercado, que, empilhadas e encapadas com papéis coloridos, transformaram-se na casa com ambientes decorados da boneca preferida. Talvez seja essa a lembrança mais nítida que guardo da minha mãe brincando uma tarde inteirinha com dedicação exclusiva e nos incentivando a dar novos usos a materiais em nossas brincadeiras.

Os quintais devem participar ativamente do processo de desenvolvimento de uma criança, porque é um lugar onde se faz de alguém um você mesmo único, capaz de contribuir definitivamente com a diversidade da natureza autêntica do mundo. Afinal, "crianças sabem diferente", pensa um educador de toda uma geração. Apesar de os quintais serem o detrás das casas, sejam bem-vindos.

De:
Para:

Aconteceu uma coisa mágica. Não porque ele estava em uma floresta, onde vivem as fadas, os gnomos e a caipora. Mas porque estamos sujeitos a isso, ainda que desacreditados. Coisas extraordinárias podem acontecer – e acontecem.

Depois de um longo descanso sob a sombra de uma árvore, enquanto despertava e ainda abria os olhos, protelando o impacto com o novo dia, percebeu ali na sua frente uma figura que parecia saída de um de seus livros de contos. A apresentação foi breve e direta – era seu mestre a lhe dizer sobre a missão que seria sua a partir de então e para sempre.

A missão: era preciso distribuir algumas palavras por aí. Não simples palavras, mas apenas as que fizessem sentido. Elas deveriam ser recolhidas pelo caminho. Quando juntasse uma quantidade suficiente e boa o bastante, deveriam ser transformadas em cartas com destinatários ocultos. Seriam presentes para quem as recebesse, e não importava saber quem. Apenas que sorrissem quando abrissem o envelope de remetente igualmente oculto. A alegria genuína tem poderes contagiosos, se irradia e se alastra num vaivém eterno e bom.

Contaria, para tanto, com um ajudante. Ainda não havia notado a presença do animal, mesmo porque estava atento em receber todas as informações e instruções; mas, num piscar de olhos, ele já estava se ajeitando no dorso do bicho, bastante inclinado para manter o equilíbrio, e se segurou firme pelos chifres.

Pela floresta, foi colecionando as melhores palavras que encontrava escondidas entre as flores, recolhidas do orvalho da manhã; as das copas das árvores que o vento recuperava com um sopro; aquelas raras de embaixo das pedras; e as exibidas nas encostas dos rios, bronzeadas de sol. Ia, assim, acumulando-as e guardando-as em seus respectivos envelopes, conforme combinassem mais entre si e fossem capazes de sentido, beleza e emoção. Os textos iam se formando lá dentro, no ritmo suave do cavalgar dos passos, e nas pausas de descanso do pensamento.

Quando se faziam prontos, algo se iluminava. Eram pequenos vaga-lumes acesos, mas capazes de transformar todo um instante. As cartas tinham pressa de chegar a seus destinos finais e se encarregavam disso elas próprias, aladas. Quem as recebesse, teria a nítida sensação de um acontecimento mágico, e ficaria muito agradecido, além de tomar a breve consciência de como é especial. A luz mágica do breve momento em que somos, e tudo se animaria, resplandecente.

O que fica

Memória é herança.

Pra quem tem terras, é a árvore da divisa. Pra quem ama a leitura, é a dedicatória na primeira página. Pra quem foi outro, é o cheiro guardado do ontem. Pra quem tem filhos, a herança é a memória.

"Do seu pai," era como ele assinava as cartas endereçadas a cada um dos três filhos, num exercício rotineiro de biografar — dizer o que se é da gente para as outras gentes. Ia assim documentando episódios marcantes do desenvolvimento das crianças e transformando em história o presente daqueles dias.

Quando a lembrança embaçasse o vivo das primeiras vezes que aprenderam a falar, andar, compartilhar e amar, ali estariam as cartas para ajudar a recuperar o passado daqueles dias idos.

Porque a memória é o que fica.

Conexões remotas sem Wi-Fi

O mercadinho do bairro que vendia fiado não resistiu ao tempo. O dono, que eu só conhecia por detrás do balcão, passou então a botar sua cadeira na calçada, de costas para as portas fechadas, e era sempre pontual no bom-dia e boa-tarde em nosso caminho de ida e vinda da escola.

Como o seu João, o seu Orlando também anotava num caderninho as vendas e trocas, o mercado de gado. As vacas do meu avô tinham nome, e ele as conhecia todas – malhadas, ciganas e estrelas. Às vezes, a gente madrugava com ele a ir tirar o leite delas e bebê-lo ainda morno recém-ordenhado.

Diz que o seu Aurélio tinha o mesmo costume. Eu não o conheci. Mas, na minha primeira visita ao sítio dele, com o neto, soube da política café com leite, entre vacas. Seu Aurélio, do interior de São Paulo, mantinha comércio com um senhor do interior das Minas Gerais, que eu gosto de pensar que era o seu Orlando.

O mistério das conexões remotas sem Wi-Fi havia me levado àquela roça de terra batida a mesma. A ameixeira de ameixas amarelas que só cresciam no pomar da minha avó tinham réplica ali. A paineira, majestosa, reinava por ali como havia conquistado súditos mineiros em outras primaveras. E a mangueira, sombra das brincadeiras de colher flores para enfeitar bolos de areia, dava frutos e lambuzava outras bocas, e mãos, que só se chupa manga com o que se é.

Acho que seu Orlando e seu Aurélio se conheceram por conta das vacas que criavam, embora a única evidência seja as anotações rabiscadas em cadernetas amareladas. Das terras de nuvens onde estão os dois, me mandaram passear acompanhada dele que adora aquele pedaço de terra que tanto lembra o lugar de onde eu vim. As conexões que vão além das notificações, e ficam.

Fita vermelha

Por força de tanto imaginar; existia. Por força de tanto pedir; chegou.

Era aniversário e veio com fita vermelha de presente enlaçada no pescoço. Era cão batizado agora Afonso.

Lúcia, então com cinco anos, teve a partir dali a companhia de Afonso em sábados chuvosos e domingos no parque. Em sua rotina escolar, na visita às amigas, na sorveteria da esquina. Aonde ia, Afonso se enroscava entre as pernas cada vez mais compridas, e cada vez mais rápidas, de Lúcia.

No portão com o primeiro paquera, Afonso espiava. Na mesa do jantar, xereta. Durante os telefonemas sem fim, sozinho Afonso já sentia saudade de outros tempos — do tempo em que o rabinho abanava quase que involuntariamente, por força do costume da felicidade sempre à espreita.

O dia da despedida ficou marcado a lágrimas.

E os próximos também.

Até que Lúcia pensou que seria uma boa ideia recomendar Afonso a quem o recebesse no céu. Escreveu uma cartinha a Deus:

"Olá. Afonso foi meu cãozinho querido pelos anos mais alegres que tive. Chegou pequenininho, com uma fita vermelha, em um dos meus aniversários. Fomos bons amigos, e senti muito ele ter de me deixar. Espero que seja bem cuidado e consiga me ver aqui embaixo de vez em quando, só para matar um pouco da saudade mesmo. Ele gosta de bolas coloridas e de nadar. Aproveitem o tempo juntos para brincar, ele é uma ótima companhia, acredite. Estou enviando uma foto para que o reconheça logo de cara quando chegar. Obrigada por recebê-lo no céu. Até algum dia".

A mãe prometeu postar a carta, e Lúcia faz o que pode, ocupando seus dias com a escola e tudo mais, esperando uma resposta, sempre.

birra

jogado estirado no chão do shopping a reclamar a querença tanta por aquilo que não se pode ter e a maldizer anjos e santos pelo não atendimento imediato da ordem que se acha no direito e tamanho de proclamar, exigente em seu discurso mimado e autoritário, pequeno sujeito birrento em choro contínuo sem fim, daqueles mais estridentes, de encher as gentes de vergonha só por presenciar a cena terrível digna dos piores pesadelos das noites mal dormidas de mães, sejam elas de primeira ou décima viagem. uma manha precisa ser cortada de início, nada de dar trela a querelas vãs de quem nem sabe ainda o que é bom para a tosse. fica avisado assim que têm culpa no cartório pais que passam por essa situação de ter de lidar em público ou em quatro paredes, que seja, com um estrupiciozinho que chora sem parar, tantas vezes desconcertando a postura de controle sábio adotada pelos adultos, que na verdade é burra qualquer forma de controle, não se enganem. não resolveu negociação alguma, nem promessa postergada, nem ameaça escabrosa de bicho-papão, que as crianças de hoje em dia tomam coragem de enfrentar até homem do saco, tão cheias de si. continuava a chorar seu choro melado, birrento, tempestuoso, como de posse de um copo de cólera. meio que sem saída, frustrado pelas tentativas em vão de contornar dignamente a coisa toda apesar do sentencioso e definitivo não dito de início, se atira ele também ao chão, o pai, nivelando de jeito a cena, assemelhando-se ao evitado de sempre que merecia punição de boas palmadas na bunda e castigo no escuro para pensar bem no que fez para não repetir nunquinha mais, sem um pio. não deu nem um minuto, o menino se levanta pronto, envergonhado – e garanto que de hoje em diante conhece de cor e salteado a lição aprendida, de tão bem ensinada.

Medos e outras superstições

De circo e seus palhaços de maquiagem exagerada, frequentadores tão assíduos da sessão da tarde. De boneca antiga de olho vidrado. Dos monstros que habitam o debaixo da cama e dos homens que chegam com os seus sacos e nos levam para longe para nunca mais. De descuidada passar embaixo de uma escada. Do bicho-papão que enche a barriga com criancinhas malcriadas. De ter sido encontrada na lata de lixo, insulto dos irmãos mais velhos recorrente na hora das picuinhas. De não entrar com o pé direito quando é a primeira vez de coisa importante.

Medo de ser e de estar que para combater só a ação basta, sendo e estando. Que chinelo virado é coisa ruim de fazer mãe morrer. E espelho quebrado só evita a imagem refletida em sua inteireza, e cacos são pedaços essenciais da composição.

Medo, mas é fato: os ácaros vão dominar o mundo e tudo vai acabar num grande espirro. Medo do fim do mundo ser antes da gente.

Liberdade é para os fracos

Um menino que buscava sobreviver contando apenas com o que herdou dos pais: a vida. Só que nada generosa. Seu destino já estava traçado de antemão, e sua rotina roubava a inocência característica das crianças, sem tempo de sonhar.

Fizera-se engraxate de profissão. Seu maior freguês era o bancário Alfredo, que lhe explicou o que se fazia em um banco – "é lá onde o povo guarda seu dinheiro em poupanças e onde se paga as contas de água e luz". O toquinho quis então saber o que era o dinheiro (de que tanto falavam), e foi em busca de sua própria fortuna, com os meios a que teve acesso.

Depois de tantos descaminhos e tentativas de estabelecer o que julgava um padrão acertado, acabou sendo preso. Considerava a prisão um bom lugar, porque lá encontrara enfim o que nunca possuíra de mão beijada: comida e o mínimo conforto. Ainda julga um luxo não estar sujeito a maus-tratos, tão diferente da situação vivida no ambiente mais familiar que já conhecera até então, a rua.

Faz planos para quando estiver livre de novo, mas considera a liberdade uma das grandes ilusões desta vida, tão controversa. Liberdade é para os fracos, pensava ele.

Não sente muito por sua infância, como os outros que acreditam que foi perdida. Não entende como pode ter perdido algo que nunca conheceu. A infância nunca existiu para ele. Só a prisão, fortaleza dos seus dias.

Sonhos em conserva

É difícil imaginar que velhinhos fazem sexo ou que já foram crianças um dia. Geralmente, associamos àqueles que já alcançaram certa idade apenas o tricô e as receitas bem executadas de frango e polenta, ou o truco na pracinha.

Dona Aparecida Carneiro dos Santos era já uma senhora feita, líder de um grupo dedicado à terceira idade. Divorciada, três filhos bem criados, olhos fundos, mas não cansados.

Gostava de passar as tardes embaixo da sombra de uma árvore do tipo copaíba, no parque perto da sua casa, só observando as crianças brincando – as risadas gostosas do durante e a negociação para decidir qual seria a próxima brincadeira – e os casais apaixonados que ocupavam bancos em que outros já haviam deixado a sua marca de história.

Pensando no fim do mês, vivia os dias, e assim muitos anos se passaram. Lembrava-se vez ou outra da sua própria infância, quando se sujava toda de terra ou se lambuzava ao comer uma manga suculenta. De mocinha, sempre fora muito vaidosa e paqueradora. Nunca gostou de perder tempo em frente à televisão e com filmes de romance; "atraso de vida", definia.

Considera que não tenha mais muitos anos de vida, mas conserva seus sonhos, em segredo – "é o motor que nos mantém em pé", costuma dizer. Deseja mais do que tudo que o mesmo amor que sempre a acompanhou esteja sempre também com os seus filhos. Esse há de ser ainda seu desejo final. Afinal, não é em busca de felicidade que estamos todos?

O tombo

O tanto que suas pernas podiam esticadas não foi suficiente para atravessar imune a faixa de areia. O tombo foi inevitável, em câmera lenta, como se cada segundo fosse antecipado por previsão – dali a pouco estaria espatifada no chão.

Estar com joelho e cotovelo ralados, assim, de uma vez, de repente. Acontece. O como é que intriga por força da imprevisibilidade; imagina-se que a um tombo desses só as crianças estão sujeitas, tão serelepes e tão urgentes.

E aquele sujeito da esquina parecia estar ali apenas para servir de socorro e oferecer a mão para ajudar e certificar-se de que não foi nada grave, apesar do machucado já iminente. Um socorro pronto, bem posicionado entre a esquina e a faixa de areia, ainda que pudesse estar se divertindo com a cena da situação e que depois contasse divertido à família o acontecido, bem colocados à mesa do jantar.

Quando acontece, é choro, na certa, mesmo que se evite, contrariada. Quando se conta é aquele riso e choro misturado, uma bagunça de quem não consegue decidir se ri ou se chora e fica com as duas coisas, tão antônimas e já juntas de teimosas, por costume. Quando chega o depois, aí é que é risada pela lembrança do acidente incauto. Além dos esfolados, é claro.

Afinal, quem foi que disse que existe idade para cair? E levantar.

Aviso

As pessoas de quando em quando vão quebrar seu coração. Esteja preparado.

Algumas o estraçalham sem dó. Nem piedade.

Não sei de que matéria estranha ele é feito. Burro, insiste em se recompor.

Se ao menos soubesse que o amor é invenção de uma criança que, sondando pela fresta da porta do quarto, adivinhou que o coração se refaz em busca da forma perfeita.

De quantos erros é feita a estúpida e burra matéria do coração?

Bê-á-bá

O alfabeto é um bicho de vinte e poucas patas; por onde passa nascem palavras e frases, disse o poeta. As vogais são cinco e são muito importantes. Elas ajudam a formar as palavras, de mãos dadas às outras letras do abecedário cortadas em papel colorido em um barbante junto à parede, estilo varal.

A gente primeiro decora o a-e-i-o-u. Treina no caderno de caligrafia a caprichar no redondinho da letra, mordendo o cantinho da língua e torcendo para não usar a borracha, que pode borrar. Depois descobre que elas, ao lado de cada classe de consoante, formam uma sílaba, como ba, be, bi, bo, bu, o grupo cheio de poder eleito por alguma professora de outrora para ser o responsável por alfabetizar todas as crianças no bê-á-bá.

Também pudera! Fosse o grupo seguinte e a coisa complicava, imagina que difícil controlar uma sala de aula povoada pela faixa etária que considera "pum" a coisa mais engraçada da vida. Cuidaram para que o mandante da alfabetização não fosse o grupo do ca, ce, ci, co, *çu*. Mas colocaram em xeque a atenção dos adultos, tão grandes, e deixaram passar impune a palavra proibida, aquela que só de ouvir toda mãe já vem com o sabão atrás.

O senhor "k" e seus parentes "w" e "y" chegaram atrasados, incorporados tardiamente ao alfabeto por decreto de um tal acordo ortográfico. Ficou então completo com vinte e seis caracteres. Antes estrangeiros, ainda estão em processo de se sentirem aportuguesados, sentenciados em alguma pauta azul e branca por grafite ou tinta fresca que os valham.

O mesmo acordo ocupou-se de extinguir a trema, familiarizando as palavras em terras tupiniquins e além-mar, uma das palavras hifenizadas que pedem consulta a tabelas para evitar confusão. As alterações de hífen acabaram por apresentar um dos maiores paradoxos pós-modernos, com "antissocial" escrito assim tudo junto; e o "super" acompanhado de adjetivo ganhou um reforço, "superpoderoso".

Sem contar os ditongos abertos que deixaram de gritar pedindo destaque tônico em agudos ou circunflexos, prova de como somos adaptáveis: eu que não me imaginava escrevendo "ideia" sem acento; agora, conformada, são só ideias.

Como deve ter sido um choque para as gerações passadas quando aboliram o "ph" e alguns "c" mudos; ninguém morreu, é claro, mas as transformações geraram um movimento de adaptação e um sentimento de estranheza em quem colocou o "acto", agora "ato", em prática. Viva, a língua portuguesa ainda deve conhecer novidades. Apesar de *esêntrico*, estaremos os *omens* substituindo a antiga grafia pelo império simplificador do som das palavras. *Ezamine*: *nase* uma nova ordem, sem *sensura*.

Para crescer e vir a ser grande, a gente toda precisa ocupar o seu lugar na fila das carteiras, sejam as primeiras dos cê-dê-efes ou a turma do fundão, tanto faz. Porque a escola é o lugar onde se aprende uma das grandes combinações maravilhosas da vida: a dupla ler e escrever. Que graça distinguir o som das palavras faladas depois de reconhecidas no papel. Que glória reproduzir com o seu próprio punho as palavras queridas, e traçar entre as linhas a personalidade de uma letra preguiçosa, meio deitada, ou bem redonda, tão forte que quase passa pro lado de lá.

A escola é o lugar onde a gente aprende. Aprende a reproduzir de ouvido os ditados. Aprende a recontar em letras de carreirinha a história imaginada transposta em redação. Aprende a usar a interrogação para saber nos bilhetinhos se gostam da gente: (√) sim ou ( ) não? Assim como se para confirmar que as palavras são senão ilusão.

Tiro, porrada e bomba

Tinha predileção por jogos violentos. Preenchia suas tardes com sessões deles; assim que voltava da escola, já se posicionava no sofá, onde permanecia até a hora que recebia os pais de volta do trabalho. Os alvos eram bichos asquerosos, poderosos chefões e supostos inimigos virtuais, que jorravam sangue por toda a tela. Contava com um arsenal de gente grande – armas que matavam a longas distâncias, certeiras, e iam contabilizando o sucesso de mortes e fortalecendo o herói do jogo, o assassino.

Sua predileção por jogos violentos o levou a pesquisar mais sobre o tema, na internet, por curiosidade. Descobriu fórmulas, aprendeu técnicas, instigado pela inspiração de outros como ele, que eram antes dele... e percebeu logo que estava preparado para deixar a teoria de lado. Precisava de prática, só assim poderia de fato, e enfim, dominar o assunto.

Não foi sua predileção por jogos violentos que fez dele um assassino. Foi sua mente de assassino, que se reconhecia nos jogos violentos e se regozijava com a violência deles. Sua mente pensou fazer vítimas e acumular pontos, mas foi ele a vítima da própria mente, preso perpétuo – apartado da sociedade e condenado a conviver consigo mesmo e apenas.

Quando casar, sara

Você acredita que existe amor dentro do *band-aid*? Eu desconfio que sim.

Assim como merthiolate assoprado pela mãe não arde.

Ou como se o consolo antecipado do "quando casar, sara" livrasse você da dor ao vislumbrar o príncipe encantado já vindo lá longe montado em seu cavalo branco.

Como o sonho de que o sangue deixasse de existir — poder correr e subir e fazer tudo o que se quisesse, nunca machucava, nunca doía. A explicação vinha em seguida: "o sangue deveria deixar de existir porque ele é a dor que sai do de dentro da gente".

De arranhão em arranhão, vamos nos acostumando a esperar a casquinha do machucado secar e cair, com a nossa ajuda no mais da vezes, sempre atentas à promessa de que ele vem vindo, o cara dos sonhos, que talvez a felicidade esteja no mamãe, papai e seus filhinhos remelentos só aos olhos do vizinho.

A cada queda, soco trocado na saída da escola, esbarrão na quina da cama; de arranhão em arranhão vamos aprendendo a engolir o choro antes que as lágrimas sequem e faltem quando mais precisar. Ameaça das bravas que colava direitinho, o choro estanque na horinha mesmo.

"Calma, foi só um susto". Pra quantas dores essa frase há de servir? Tem prazo de validade, ou expira quando os dentes de leite já foram todos pro telhado à espera da fadinha, ou quando os do juízo apontam, incomodando?

Com drama ou sem, ainda que seja confessa minha predileção por uma boa porção da coisa, vamos nos acostumando, ou antes nos conformando, com a verdade que vem aos poucos ao irmos aprendendo a nos virar sozinhos: vai, você já é grande o suficiente e consegue.

Mas, cuidado. Pode acabar descobrindo, a duras penas, que não, quando você casar, não vai estar impune. Vai quebrar a cara de vez em quando se se jogar rápido demais, ou devagar demais, ou se nunca aprender qual a fórmula exata. Vai ver que não é questão de matemática, que as leis da física podem falhar, que os poemas amarelam e que os astros, dependendo da posição, podem não favorecer você no período de transição, de crise; a saída é só atravessando a sala toda cheia de convidados, disfarçando o choro, até encontrar a porta. Não espere encontrar a porta, pode ser que só uma janela seja tudo.

Desconfio, embora não tenha certeza, é claro, de que na partezinha branca de dentro do *band-aid* existe amor da melhor qualidade – aquele a que costumam chamar de "mãe". E que, não importa qual seja o arranhão, melhor remédio não há.

Negociação

Nos estádios, nos gramados, em frente à telinha, é comum encontrar pai e filho usando a mesma camisa de futebol e torcendo pelo time eleito do coração.

Antes de nascer, o bebê ainda não tem sexo, não tem nome, mas já tem time. Quando nasce, não sabe ainda falar nem andar, mas já sabe qual é seu time. Depois que cresce, não escolhe a hora do banho nem do jantar, mas já escolheu seu time – por influência do pai ou para honrá-lo, ou para enfrentá-lo, ou coisa assim.

Poucos ofereceram a sua torcida a equipes por conta da cor do uniforme, da tradição, dos títulos acumulados ao longo da carreira ou de um ídolo. Até que surge um fenômeno que arrasta consigo toda uma geração de molecada que aprendeu desde cedo a reconhecer um craque, um carisma que se destaca, um "bom" corte de cabelo e gols, muitos gols.

A dedicação à torcida vem espontânea, alegre. Afinal, há motivo mais que suficiente para ser fiel àqueles onze jogadores em campo, correndo contra o tempo para balançar mais vezes a rede do que os adversários — há um craque entre eles, um ídolo.

E acompanham campeonatos, tabelas, resultados, calculando os pontos para que o time seja o melhor ou esteja entre os melhores, ao menos. É matemática combinada à emoção, à alegria.

Aí estão eles nos estádios, nos gramados, em frente à telinha quando, de repente, anunciam a negociação em dinheiro, muito dinheiro, que determina que a partir daquela data o craque, o ídolo de uma geração, não joga mais no time do peito e deve seguir para os campos do exterior, deixando para trás recém-orfãozinhos torcedores.

Quantos desses meninos e meninas vão, decepcionados, bater a bola insistentemente na trave fixa da dúvida sobre para qual time torcer, quantos em morte súbita desistirão de acompanhar o esporte e quantos, em amor sustentado ao ídolo, seguirão passe a passe os gols agora em outras redes?

Enfim, eles vão ter, saber e escolher, de fato, a plena observação do nascimento da paixão pelo futebol.

1, 2, 3 e... já!

Energia gerada sob efeito "pó de mico" a que movimenta crianças de 0 a 6 anos, ou mais. Um sistema rotativo sem pé nem cabeça, alimentado por formiguinhas no assento e alfinetinhos afiados que resultam nele, o pó de mico.

Basta uma dose diária. Superdosagens podem acarretar impaciência e descontrole por parte dos adultos, acredite. Dissolva na mamadeira ou uma colher de chá na sopa, é suficiente. É energia que não acaba mais, para dar e vender até.

É indicado para infâncias bem vividas e brincadas. Felizes. Os efeitos são os melhores e perduram por toda a vida. As reações são tão diversificadas quanto a criatividade puder dar conta, cada um inventa e faz e conta, e até faz de conta. A intensidade é diretamente proporcional ao número de colegas envolvidos na brincadeira, que tem de acabar justamente quando estamos no ápice da empolgação do divertimento.

É pique-esconde, é rouba-monte, é pega-ladrão, é pula corda, é bola de sabão que voa, voa e estoura. É carrinho de rolimã e é dominó e é casinha, mamãe e filhinha e compras na vendinha de produtos recicláveis do supermercado criado com embalagens já sem uso. É bola, piscina, grama, areia e é bambolê, precisa rebolar, rebolar para não cair. É amarelinha, é jogar queimada, é criar para as bonecas roupinhas a partir de trapos e móveis a partir de tacos. É fonte de vida a energia feito pó de mico que move as crianças o tempo todo do tique-taque dos ponteiros do relógio que já fiam quase o fim do dia, e elas ainda têm energia para mais um adivinha, um quebra-cabeça ou um o que é, o que é?, até pegar no sono que ninguém é de ferro e dorme que amanhã é outro dia. E tem escola. 1, 2, 3 e... já!

Prato do dia

Abobrinha, chuchu, berinjela, cenoura, amassadinhos na papinha para não dar na vista. Tática infalível até que se prove o contrário, ou que se resolva enfim provar e dar uma chance à variedade multicolorida que povoa as bancas das feiras livres e dos supermercados e que deve estar na conta de cinco, pelo menos, no seu prato, garoto. Afinal, nem só de batata frita se vive e gastar todo o troco em balas de dez centavos ainda vai te deixar com a boca cariada, menino.

O prato tem de ser colorido como os desenhos feitos à mão em papel que aceita tudo e que mãe qualquer acha lindo. Pimentão tem verde, amarelo, vermelho; brócolis e couve-flor são arvorezinhas de tons de verde bem diferentes; laranja e abóbora são também nomes dados ao mesmo lápis de cor, experimenta como são bons de gosto também.

Não quer sentar à mesa para as refeições, se recusa a desligar a televisão, não aceita experimentar o novo que se cozinha em panelas areadas dispostas pelas seis bocas do fogão. Não é a resposta convencional para não se abrir às delícias da batata-baroa, do pepino e do maracujá.

Aí que a ideia de solução foi um convite outro de experimentação: acompanhar a receita de um bolo, que de massa mole estufa até crescer, só por respirar; ou como a beterraba tem gosto diverso se crua e ralada ou se cozida, que a cor até excede contagiando o arroz. Participar do processo ativamente, se lambuzando nas provações pode revelar gostos que estavam apenas cochilando, preguiçosos a serem aceitos. Missão cumprida, merece até a sobremesa.

Descobre-se que é daquelas cores todas que vêm os nutrientes responsáveis pelo crescimento, e não é à toa nem segredo que a força de Popeye estava guardada na latinha de espinafre. Saco vazio não para em pé, tem de raspar o prato sem deixar grãozinho para trás; é de grão em grão que a galinha enche o papo.

Para crescer forte, até formiga, que só faz bem para os olhos. Diz-se que a sensação de vertigem que experimentamos durante o sono é sinal de que estamos crescendo; e o mundo, girando.

Novela

O vô Chicão teve sua história descoberta pelas bisnetas que nem conheceu por causa de um livro que narrava no preto e no branco a verdade do que fora sua infância, mesmo que difícil de acreditar não se tratar de uma novela ou coisa inventada.

Encabuladas, elas ficaram na dúvida se a família conhecia a história tintim por tintim e resolveram sondar com as tias mais abertas se o contado pelas letras procedia e se tinha fundamento.

A coisa ganhou ainda mais empolgação ao constatarem que traziam uma novidade — ninguém até então havia escutado sobre o que o vô Chicão tinha vivido tantos anos antes de terem as bisnetas nascido.

A mãe morrera quando era apenas um bebê. O pai o abandonara em um orfanato. Quando tomou idade, precisou arranjar-se com um emprego. Sem estudos, foi auxiliar um médico responsável pelas amputações dos desgraçados da sua cidade. Seu ofício era carregar até o cemitério os membros imprestáveis a serem descartados em covas profundas. Ia pelas ruas assim, carregando em uma cesta o lixo dessa vida que seria enviado ao além para um futuro reencontro.

Gostava de jogar bola no tempo livre e, entre uma pelada e outra, era observado de longe por um senhor bem abastado que lhe prometera casa e comida. Sem o que deixar para trás, seguiu adiante e ganhou tardiamente uma família postiça, que lhe adotara.

Nos tempos de juventude, quando a paixão se lhe apresentou, conheceu a mãe da avó das meninas curiosas. Casaram-se. Tiveram cinco filhas, todas meninas, entre elas a avó das meninas. A mãe da avó morreu jovem enquanto jantava a sua sopa. Ficaram órfãs as cinco irmãs. O vô Chicão prometeu cuidar bem delas e encaminhou-as todas nos estudos, inclusive de piano e de costura. Deu-lhes futuro, o mesmo que hoje a avó ainda vive com seus oitenta e oito anos, outros cinco filhos, treze netos e a conta de bisnetos ainda aberta, em progressão.

Brincante

Deveria ser autêntico. A espontaneidade é característica genuína, livre. Por isso era item da lista de desejos da página do querido diário. Um amor para que se pudesse ser o que se é, e ser melhor quando juntos. Acompanhados do melhor um do outro. Um amor que favoreça e estimule as trocas, para somar as experiências, intensificá-las. Um amor intenso.

Um amor que nos lembre sempre que possível daquilo de não se esquecer da criança que fomos e garantir que ela esteja feliz com as nossas escolhas, com o que nós fizemos dela no processo contínuo da transformação do crescimento. Que o amor permita a sua manifestação e presença em cada relação, assegurando que a alegria participe da nossa vida; a autenticidade e a espontaneidade também.

Só assim, não se engane, poderá existir leveza no dia a dia e estaremos conectados com o que somos, desde sempre, e com quem queremos com a gente, dividindo o tempo e o espaço a partir de agora e para sempre desde então.

Uma alegria rejuvenescedora – não infantil –, capaz de reconhecer quem o outro foi e o potencial de ser e estar com você expresso na vontade, na presença, no compartilhar e no querer bem. A capacidade de reconhecer o formato de coração naquela pedra entregue à mão fechada como surpresa em dia de aniversário é só para quem exercitou bem a adivinhação das nuvens, estirado no chão e apontando aqui e ali, admirado. Guardar como bem precioso o pau esculpido no parque em uma tarde de vinho, como demonstração das habilidades possíveis por causa do canivete herdado do avô morto cedo em um acidente de carro. Divertir-se com a competição cerrada com o cara que passeia pelos bares da cidade oferecendo flores de papel às pessoas dispostas a pagar e a tentativa de imitação em um guardanapo que quase nada lembra outra flor, toda desmilinguida. Os vidrinhos coloridos esculpidos pela água recolhidos na praia da nossa primeira viagem juntos para substituir as conchinhas, menos comuns por lá. O anel com a corda mi arrebentada da guitarra que serviu exatamente no dedo destinado aos compromissos mais descompromissados, mas leais, honestos, com os acordes certos da música da gente que ainda não inventaram, mas é nossa. O tamanho do nosso amor, que nos extrapola. Um amor leve — alegre, autêntico e espontâneo. Um amor de amantes brincantes, que é para conservar a infância dos dias, dias felizes para sempre, sempre que possível.

Tato

A mãe duvidou quando ele disse: "Sabia que quando a gente se toca, não se toca de verdade?". "Como é isso, garoto?". E ele não soube explicar, favorecendo a instalação da dúvida, o que encerrou sumariamente o assunto.

Mas ele sabia que, apesar da sensação do toque, há o atrito e a lei de que dois corpos não podem ocupar o mesmo espaço simultaneamente e coisas desse tipo, como o cara da televisão estava falando com tanta naturalidade apenas minutos antes.

Foi constrangido por uma questão difícil demais para sua idade, ou para os métodos de explicação a que fora apresentado até então e que não davam conta do assunto tão específico e complicado de tocar os outros, sensações e reações.

Foi desacreditado em público, embora soubesse que tinha razão; confiava naquela informação e um dia a provaria. Tudo porque a mãe não tinha tato para lidar com o desconhecido.

Dia 1

A noite havia sido enrolada nos lençóis do vira e mexe da ansiedade pelo que seria do dia seguinte. O desconhecido era todo responsável por aquela sensação revirada em noite mal dormida.

O despertador só veio confirmar o medo por não saber o que ia encontrar no seu primeiro dia na escola nova, se haveria adaptação e se seria rápida, se os colegas seriam em breve amigos, ou jamais, se os professores por favor que não o notassem ali, desajeitado e quase se escondendo sentado na carteira da fila mais discreta que pudera eleger com seus critérios definidos pela timidez.

O uniforme pelo menos decidido, o leite com nescau para forrar o estômago até a hora do recreio, a carona no banco do traseiro do carro que a mãe conduzia em direção ao portão, que, uma vez atravessado, ele só poderia conhecer o caminho de volta depois de o sino tocar.

A inspetora dava as boas-vindas indistintamente aos mais espertos, aos desajeitados da educação física, aos integrantes da turma do fundão, aos que um dia ficariam de castigo no canto da sala de aula e a ele; até ele havia sido cumprimentado naquele seu temido primeiro dia de aula na escola nova que a mãe disse que seria melhor para ele, mas para onde ele não teria ido se pudesse escolher – abandonar os amigos cultivados por anos a fio desde o maternal não seria sua escolha nunquinha.

O mal-estar experimentado durante a noite não parecia disposto a abandoná-lo, por mais que tentasse negociações. A professora selecionada pelo concurso público era apenas uma miragem lá em frente à lousa, que mexia a boca, se podia notar, mas impossível saber o que tanto falava; a atenção dispersa em tantos conflitos internos.

Ainda que a sirene pudesse libertá-lo daquela situação inconveniente, talvez só anunciasse um período ainda mais terrível, durante o qual seria imprescindível estar inserido em um grupo, e interagir, e ser aceito, e mais: ser gostado, quem sabe, em sonhos, admirado.

Quase ensurdecedora, a sirene enfim tocou. Som previsto no relógio de seu punho desde cinco minutos atrás. Crianças saiam correndo decididas, sabendo aonde chegar; que inveja daqueles de postura ereta, confiantes. Passavam por ele e a distância só aumentava, era grande demais, impossível alcançar. Tropeçou.

A mãe quis saber como aquele ralado havia surgido no joelho esquerdo. Devia ter modos. Que não sujasse mais o uniforme assim, que deveria trocar só dia sim, dia não.

Desencorajado, um pouco confuso e não saberia dizer se mais ou menos ansioso que na noite anterior, foi para a cama enfrentar as horas que o levariam de volta para as fileiras terríveis, os corredores terríveis, o recreio terrível daquela escola terrível em que sua mãe o matriculara acreditando que poderia ser o melhor para ele e que não seria capaz de lhe dar amigos, apenas joelhos ralados e as histórias inventadas como justificativa, dia após dia. Que chegavam sempre, embora a noite ainda nem houvesse sido dormida.

De crocodilo (ou ode ao choro)

Para de chorar, menina. Senão a fonte seca. Quando crescer, não vai ter mais lágrimas, você vai ver.

É que desde pequena eu tenho a boca aberta, como cansou de falar minha mãe e como confirmou semana passada o taxista que me trouxe pra casa depois de eu ter perdido o emprego.

A fonte não secou, tem reservas subterrâneas que se contar ninguém acredita. O que mudam são os motivos, e a intensidade.

É que chorar pode ser sofrido, quando há sofrimento envolvido e inadiável. Mas às vezes é um choro gostoso daqueles que lavam a alma, e fazem falta. Ainda mais nos dias de hoje, em que até para encontrar hora para chorar é difícil. Precisa agendar com antecedência e comparecer sem falta. Tipo compromisso.

Seria até caso de chorar se as lágrimas, por decreto ou racionamento, não pudessem escorrer corpo afora, olhos afora. O bom do choro é que ele é molhado, fluido, e tem uns caminhos estranhos, como quando teima em ocupar nariz e boca ao mesmo tempo. É bom também porque fortalece os músculos do coração e outros coadjuvantes. O ruim do choro é quando ele persiste noite adentro, tira o sono e deixa como vestígio uma dor de cabeça danada. Quando ele vem de mansinho ou estoura em lugares impróprios, também tem o lado mau. E é por isso que quando a gente cresce aprende a controlar, sufocar, engolir.

Engole esse choro, menino. Que isso nem é pra tanto e já são nove horas.

P.S.: (Uma fotógrafa registrou que, depois de secas as lágrimas, cada uma tem um formato microscópico de composição, dependendo da salinidade dos cristais. Dor, luto, diversão, chorar de rir ou choro causado por picar cebola são diferentes. Afinal, não são só água, não. Dei um "curtir" e compartilhei nas redes sociais, achei legal que todos soubessem como são as lágrimas de cada ocasião, que escorrem voluntária ou involuntariamente pelo que quer que seja, ou sinta. Se fosse livro, valeria um *post-it*).

Três vértices

Como eu estava falando, e como já falaram outros por aí, assunto do coração é uma merda mesmo. Ainda mais quando consideramos o líquido frio dos romances que outrora foram calorosos, mas que se derreteram de tanto bem-querer. Daí a gente não sabe se vai ou se fica. Se vai ou se racha. Se dá ou não dá.

A judiação mesmo é que essa inconstância dos estados amorosos acomete os mais indefesos seres: as crianças já vão aprendendo, ou não, a se equilibrar nessa lava pastosa que de repente vira bloco de gelo, sem aviso prévio nem seguro desamor.

Quando uma menina, espontaneamente, veio me contar sobre suas paqueras em sala de aula, não pude evitar pensar na irregularidade discrepante entre quem gosta de alguém e, além de não ser gostado, é trocado por um terceiro alguém, tudo na mesma história.

Fulana que gosta de ciclano, que gosta da... de quem mesmo? Da beltrana. São os famosos três vértices, que vêm espetar justamente quem está mais vulnerável, de escanteio esperando sua vez.

E isso desde muito cedo, não dá para evitar. Anamaria paquerava Tiago, que paquerava Joana, que por sua vez não paquerava ninguém. E ninguém era o mesmo que paquerava Anamaria.

Anamaria sofria como só sabem aquelas que amam e não são correspondidas. Como aquelas que querem e se desesperam por não mais saber por onde vão, por onde andam.

Tiago andava meio acabrunhado. Sabia que gostava e não sabia se a de quem gostava, gostava mesmo ou se era só charme. Não sabia também que a que gostava dele seria capaz de encontrar, acompanhar e estar junto de mãos dadas no que desse e viesse, se realmente viesse e desse.

Joana se espreguiçava lânguida na sua situação cômoda, macia. Encantava, e o encanto que causava lhe era suficiente. Queria mais era admiradores, viver embalada pelos confetes. Joana não sofria, mas era a mais triste.

Afinal, como o esperto do poeta já tinha percebido bem antes da gente, não há meio de acontecer um caso de entre criaturas não haver amor. Porque é tudo o que podemos: "amar e esquecer, amar e malamar, / amar, desamar, amar" etc. e para sempre.

"Este o nosso destino: amor sem conta". Amar e conhecer por onde vamos, por onde andamos. Ou não saber.

Corujices incorrigíveis

É fato consumado: a corujice é hereditária e acomete o sexo feminino em uma porcentagem tipo absoluta. Afora a imprecisão dos dados, com coisa certa, escrita preta no branco, não se discute.

Portanto, mães, se preparem. O mal tem nove meses para se instalar e uma vida para reverberar em pequenos atos, propagados no boca a boca, sendo a primeira sempre a sua, mamãe. O pequeno ato precisa ser avaliado e atestado por você, grande banca imparcial dos aprendizados, passos e tropeços do seu pequeno.

Para duplicar a fórmula consagrada pelo uso, aprimorada através das gerações, a mãe ao quadrado — a avó. Ô ser! Como se não bastasse babar pela filha, vejam bem o que ela faz agora, gente. Um filho. O neto.

O neto que aprendeu onde fica guardado o ingrediente principal do doce preferido e, sem saber falar, já aponta, o espertinho, para a porta do armário e faz cara de safado; o metidinho do primo, danado, que sabe tão bem desenhar — olha só como usa o lápis, gente!; e o orgulho desmedido da médica da família, que receita suas receitas, e não venha dizer que não sarou, como não?

Agora a proporção das peripécias dos netos se estendeu para meios desconhecidos e desconhecidos e meio. As redes sociais dão conta de me deixar conhecedora da estripulia de quando ela pediu que o filho parasse de lavar a mão e como resposta recebeu um gracioso: "estou lavando o sabonete, ele não para de fazer espuma, mãe"; de quando aprendeu o serzinho a reconhecer na solidão da garagem que existe eco, e que ele é mágico; de como rimos com a definição definitiva "que dia lindo" quando anunciamos que era dia de diversão no parque; e outras originais demais para reproduzir aqui, pois simplesmente não tem fim a imaginação criativa de uma criança e o orgulho bobo, mas tão justificável, das corujices todas.

A mim, o que me é dado, por ora. Fico só coletando o afeto que as mamães corujas espalham quando compartilham. Gosto da relação comum e fantástica que é o dia a dia delas por causa das crias que trouxeram, paridas. Satisfeita com o respingo que cabe a mim. Às vezes, até molha.

Menor aprendiz

O ano era 1977, e às sete horas da manhã pontualmente lá ia o menino loiro feito caroço de manga de bicicleta pelas ruas centrais da cidade, a que sobe e a que desce, abastecer a população de não mais de trinta mil pessoas com a leitura diária do jornalão importado da capital, não a deles, mas a de São Paulo, que era mais próxima.

No bar da esquina do seu Cristóvão Buarque se demorava um pouco mais, prestando bem atenção nas palavras elogiosas que ouvia para depois reproduzir ao contar à sua mãe, só para que sentisse o orgulho daquela senhora que passava as tardes assando receita atrás de receita de bolos a serem recheados com abacaxi, ou com o que a clientela encomendasse.

Foi pela retidão da responsabilidade conquistada de precoce e espalhada de boca a boca pelos bairros que lhe recomendaram o primeiro emprego de carteira assinada como menor aprendiz do banco, importante pela localização bem em frente à prefeitura, onde toda a gente passava pelo menos uma vez ao dia a ver se as finanças corriam bem ou se a poupança continuava intacta, longe das mãos de algum governante que lhes confiscasse. Antes, o dinheiro ganho ia para debaixo do colchão, onde se podia senti-lo ao deitar para a noite dos justos e se recobrava a consciência com o despertador de um novo dia. Mas aí chegaram essas instituições dizendo sobre rendimentos e juros, e segurança. Compramos o discurso, e lá se foi nosso dinheiro virar só número.

Aprendeu as funções que lhe cabiam, e se empenhou. De esforço e merecimento, foi subindo aos cargos que lhe competiam na carreira até ser gerente de agência empresarial na capital dos negócios, coordenando as gentes para que as empresas recebessem o atendimento que lhes faria ir bem, com um bom faturamento ao fechar o ano. O agradecimento vinha em cestas nada básicas feitas com os produtos das prateleiras da seção de importados, de onde os trabalhadores que recebiam só um salário mínimo ao mês permaneciam distantes. Ou recebia bônus, a participação nos lucros e um mês extra de pagamento que excedia os doze comuns, de janeiro a dezembro – o décimo terceiro salário tinha um poder ilusório, que fazia das festas de fim de ano eventos mais alegres e mantinha a economia aquecida até nas férias, quando se devia pensar em família e não tanto em presentes.

Era um tempo de carreira construída, o que significava uma certa estabilidade para manter os filhos em escola de mensalidades pagas, garantir a praia uma vez ao ano e se dar o luxo do descanso aos fins de semana, de sábado a domingo. Além da rotina prevista em começar o dia com pão com manteiga e café, reuniões, almoços de negócio, metas a serem traçadas e metas a serem cumpridas, com prazo determinado e improrrogável, que é importante manter os números da empresa do cliente sempre longe do vermelho, pensando já nas comemorações do fim do ano, o que adiantava o tempo contra um relógio natural das coisas quando acordava e já às sete da manhã estava a entregar os jornais nas ruas limitadas de número na cidade natal de CEP único, onde a mãe e o pai ainda aguardavam a visita vez ou outra, como que para se atualizarem das novidades e matar a saudade, se houvesse.

Atropelados assim os dias, semanas, meses e anos dedicados ao trabalho que passou a defini-lo, de repente chegou a aposentadoria aos trinta minutos da prorrogação de um jogo de copa, tempo contado desde aquele dia em que de aprendiz sonhava com a gerência de uma vida de muito trabalho e resultados de números enfileirados em uma sequência difícil de ler por empregados que precisavam administrar os números virtuais depositados em sua conta a ver se davam até o fim do mês.

Com tempo livre, precisou aprender o que era a vida sem a rotina conhecida e praticada dia a dia, foi um tempo de descobertas. E, como a vida bem humorada gosta de nos pregar peças, voltou a ser aprendiz na cidade de duas avenidas, uma que sobe e outra que desce.

Matriculada

na aula de balé clássico aos cinco anos de idade, onde conheci talvez as únicas palavras que sei em francês, além de *merci beaucoup*. Pé de palhaço e pé de bailarina deram as primeiras noções das dualidades de um mundo que reprova sem dó o que define como pejorativo. Também aprendi como me posicionar, da primeira à quinta posição, sempre ereta; a postura faz a bailarina.

Mais tarde, numa fase em que a energia parece não ter fim, a matrícula buscou as piruetas, saltos, acrobacias mirabolantes, quase circenses, da ginástica olímpica. Há quem considere a possibilidade da baixa estatura ser resultado dessa época. A lembrança mais viva é dos alongamentos, quando a professora trabalhava os limites da flexibilidade do corpo, e da dor. Entre me equilibrar na barra e saltar na cama elástica, meu maior orgulho era o "ípsilon" que uma perna formava junto ao corpo, ou o espacate.

Minha primeira matrícula de punho próprio foi no jazz, com coreografias de dança contemporânea, livre. Dança e liberdade – combinadas e inseparáveis.

Dança é ensaio até a perfeição da sincronia, do ritmo compassado e do suor que subitamente se transforma em leveza, no palco. Quem dança carrega consigo a liberdade de expressão em sua forma bruta e refinada ao mesmo tempo.

A dança comunica sentimentos. Desenvolve narrativas. Contagia e é contagiada num fluxo interminável de energia. Expressão do corpo que quer extravasar a alma. Podendo, voa. A dança é uma força premente dizendo: eu existo. É poesia.

Livro de receitas

A recomendação fazia-se clara: "coma para não sair falando". Não havia quem ousasse desobedecer à regra, ou resistisse à regra, tamanha a oferta de doces, todos feitos na cozinha da casa da rua quase principal, onde comemoramos a maioria dos natais da nossa infância, em família. Lá atrás, a vó mal suspeitava que seria uma família tão grande, de encher a sala, extrapolá-la.

Cuidava se todos estavam bem, crescendo fortes e corados. Uns quilinhos a mais era sinal de saúde. As receitas que desenvolvia com capricho e maestria em sua cozinha acompanharam esse desenvolvimento, garantindo que todos estivessem sempre satisfeitos, provando de suas delícias, uma atrás da outra.

"Come enquanto estou dando. Depois que eu guardar, não sobra nada". E lá se punham à mesa porções de cocada, cajuzinho, doce de banana, bombocados pernambucanos tão nossos e amor em pedaços, para repartir.

Aniversário é garantia de bolo recheado com abacaxi, logo duas receitas. Para os dias de frio, bolinho de chuva acompanha o café. E o suspiro, ah!

Diz-se que uma cozinheira de mão cheia sempre agrega todo mundo à sua volta, bem pertinho. A vó sabia disso muito bem e nos tem todos esperando um quitute sair do forno enquanto conhecemos histórias e construímos a nossa.

Das receitas podemos apenas sentir o cheirinho de seus segredos. Só a vó consegue transformá-las no que elas realmente são. E assim é.

Geosmina

Lá de onde eu vim, a gente vê a chuva chegando. Primeiro, nas montanhas; de repente, já pingando. Eu me lembro desse cheiro – cheiro de terra molhada.

A chuva pode cair e molhar a terra muitas vezes, mas o cheiro que recobro é aquele da minha infância, registrado em algum compartimento especial, só meu.

A memória tem desses caprichos, trata de guardar bem conservados os cheiros que compõem a nossa história. Cheiro de mar pela primeira vez, cheiro do perfume do ex-namorado, cheiro de livro novo, cheiro de grama recém-cortada. Até cheiro de mimeógrafo, que revela a idade de quem cursou os anos escolares há tempos. Ou cheiro de assalto, quando fomos surpreendidos pelo medo da abordagem que pedia nossa bolsa.

As sensações olfativas que habitam a minha memória teimam em conservar também o cheiro abrasileirado quentinho de café acompanhado de pão caseiro que saiu do forno agorinha mesmo e nos convida à mesa da minha infância lá na casa da vó — vem?!

Minha coleção privada de cheiros tem um setor reservado aos eventos de datas comemorativas — guardou exatamente como cheirava o embrulho da surpresa do presente de Natal e manteve intacto o talco das pegadas que o pai tentou simular para conservar acessa a crença em coelhinho da Páscoa, num ato ousado de quase atropelar o cheiro doce de chocolate.

O cheiro do lanche do recreio da pré-escola é quase tão presente quanto o cheiro de felicidade daquele dia colorido de sol no parque com amigos queridos. Cheiro de abraço que sempre deixa um pouco do outro na gente ou o costume nordestino de mandar um cheiro, uma demonstração afetiva das mais carinhosas. Até cheiro de cravo, que lembra a morte, pois a vida é feita de extremos, e cheiro de lágrima que seca e impregna o rosto todo com a sensação triste da dor.

Coleção

De papel de carta. De pedra. De bilinha ou bolinha de gude. De homenzinhos de chumbo. De figurinha que completa álbum.

As coleções definem a gente — são nossos interesses preservados, acumulados, organizados. É também uma eterna brincadeira, que dura o infinito dos itens colecionáveis.

De criança, juntava moeda antiga estrangeira ou de outro tempo nacional para trocar com o seu João, personagem da história da vida real que da sua cadeira, sentado à porta da casa, nos cumprimentava no bom-dia da ida e na boa-tarde da volta, pontualmente. Um dia a cadeira estava recolhida da calçada. Ele havia deixado de ser. Vendi as moedas, sem juros.

Depois, gostava de colecionar amores. Nada inocente, mas não vulgar. Fazia apostas sobre a quantidade de corações e corpos que porventura pudessem somar ao jogo, marcar pontos, vibrar a torcida, desbancar adversários. Um jogo só meu. Que os jogos fora do meu tabuleiro não me interessam.

O mundo vai acabar em água

De menino já havia decidido: seria pescador. Sempre pertencera ao mar, afinal.

A companhia única do mar havia lhe rendido boas recordações, muitos peixes e algumas alegrias. Contudo, ultimamente, o pescador estava bastante angustiado – mirava a imensidão das águas e nela procurava motivação e coragem para continuar, em vão.

Os olhos já desiludidos ainda guardavam um resquício bem escondido de esperança por dias melhores. Mas os dias que vivia eram tão solitários – seriam amargos não fosse o sal que já corria em suas veias.

O que esperar de um mar sem peixes? O que esperar de um pescador sem pesca? Era na vaga espera – constante espera – que tentava sustentar sua mera existência, justificada apenas pela forte atração que sentia pelo mar. Uma relação de bem-querer mútuo – e por ser mútuo, bastava.

Infinito o mar, infinito o sofrimento. E em sua finita existência, o pescador viu enfim que a revolta do mar era a sua própria revolta.

De ouro

Queriam de presente um — apenas um — dos meus cachinhos de ouro. Tentavam negociações, ofertas, talvez chantagens, só pela brincadeira, e pela possibilidade de ter como prêmio um cachinho de ouro.

Eu tinha alguns deles, bem loirinhos mesmo. Eles eram lindos e continuam sendo, nas fotos. Chamavam a atenção, me faziam uma garotinha toda bonita na loirice de suas curvas delicadas.

Cresci um pouco mais e passei a não gostar deles. Era de ponta-cabeça que eu me colocava para escová-los repetidas vezes até conseguir um visual bastante leonino, mas o mais próximo possível do liso, sem recursos de aparelhos elétricos.

Liso era o ideal desfilado talvez pelas garotas da escola ou pelas famosas na televisão. Liso era o ideal que me fez desprezar o meu cabelo encaracolado, até torná-lo apenas ondulado e bastante indefinido no período posterior aos alisamentos forçados.

Foram muitas visitas ao cabeleireiro desde então. Sem intervenções químicas, não sou mais loirinha e meu cabelo não tem mais curvas. A natureza atuou, conspirou. Cuidado com o que você pede, pode ser que você consiga.

Não custa querer então que a valorização das qualidades individuais – aquelas que não podem ser copiadas, roubadas, negociadas, porque são só suas – aconteça. Talvez um dia, de tanto querer, a gente consiga, enfim.

A medida dos dez

Comparado a crianças de não mais de dez anos de idade com estatura de quem ainda não dera aquela espichada identificada nos consultórios pediátricos que elevam a curva de repente nesse período.

Confundido com crianças de não mais de dez anos de idade em lugares públicos cheios de desconhecidos que não mediam os olhares para fazer julgamentos que abreviam drasticamente a fé na humanidade.

Reduzido a uma criança de não mais de dez anos que passou a vida nessa condição determinada de anão que não deveria crescer mais do que aquilo e pronto.

Avaliado sob a medida dos dez anos de idade, não foi aceito e não fez mais que aceitar complacente e condescendentemente a natureza que lhe impunha ser parte daquela categoria que não escolheria.

Pisoteado por uma multidão que definiu a sua morte embaixo das solas de seus sapatos, que se faziam maiores, muito mais grandes que o anão, a não ser pela resistência de viver brevemente ainda que sob a sola dos sapatos de seus executores, ele todo e sempre destinado a não ser.

Filhos da mãe gentil

E as crianças de então que seriam o futuro do país despertaram gigantes, o povo. Foram às ruas em protesto por mudanças, por direitos. As palavras de ordem ecoaram e ressoaram pelo seu destino não sem algum ruído malicioso com ares de desvio, as manipulações.

O grito comum era por centavos, pouco, quase nada, mas tanto. Saiu meio desgovernado, já acostumado ao sufoco, mas era forte e alto e carregava em si o peso da insatisfação coletiva, afinal tudo estava tão estranho e, claro, não podia ser à toa.

Acostumados a resultados pizza ou a morrer na praia, expressões que poderiam ser lema das notícias dos telejornais, lembraram que os filhos dessa pátria adorada, mãe gentil, não fogem à luta, lutam.

Alguns passos tortos e tropeços violentamente reprimidos por estruturas de um poder hierarquizante, dominante e dominador. Mas juntos acertaram o passo e caminharam, tomando espaços públicos com o sentimento de pertença, de fruição, de liberdade.

Juntos assistiram à queda daqueles centavos que impediam tanta gente de participar da coisa pública e universal, do direito de ir e vir.

E, juntos, seguiram. Em coro para estar continuando a luta, assim mesmo no gerúndio, para reforçar a ação.

Romance rabiscado

Havia dois lápis apaixonados — e a paixão, como se sabe, empresta cor às gentes. Azul e rosa todos os dias iam passear e aproveitavam para admirar a lua.

O bem-querer era tamanho que então resolveram se casar, fazendo tudo rosa e azul na decoração, como os dois. Viveram sempre assim, um romance dos mais bonitos.

Mas breve. Ainda na lua de mel, quando estavam na praia – lugar escolhido por ser um dos preferidos onde gostavam de namorar –, um lápis fêmea de cor amarela chegou e atrapalhou tudo, formando uma certa confusão. O lápis azul se apaixonou pela garota lápis, e chegou ao fim o relacionamento com o lápis rosa.

Magoada, então, rosa voltou para casa, recomeçando uma vida nova. Sempre triste, apagou à borracha todos os detalhes azuis da casa pensando em acabar com a tal lápis amarela; vingaria a sua revolta. Até que um dia pintou uma ideia. Ela estava resolvida a partir, fugir para longe, para nunca mais. Preparou um barquinho de papel de caderno e se foi...

Só não contava com ter visitas tão cedo. Arrependido, seu ex-amor foi ao seu encontro. Ele ainda não havia desistido. Tinha enfim entendido quem era seu verdadeiro amor.

Apontado, o casal lápis fez as pazes. Depois do perdão, resolveram riscar de vez aquelas memórias amareladas e tudo voltou ao normal, passado a limpo – o mundo de novo colorido em tons de azul e rosa.

Sorteio

A Copa do Mundo é nossa. Quer dizer, o Brasil vai receber os demais países para concorrer, jogando futebol na raça, ao título de melhor do mundo.

Fãs do esporte que somos, já eleitos cinco vezes o melhor time com seleções vestindo a camisa verde e amarela, não queremos ficar de fora dessa festa, conferindo de pertinho, lance a lance, as vitórias da seleção canarinha.

Acontece que vai ser sorteio. Tipo dois ou um, par ou ímpar, estouro do balão com doces e farinha das festinhas de aniversário. Pode ser que sim, pode ser que não, mais provável que talvez. Que se a regra do impedimento fosse clara, não haveria tanta dúvida e discussão.

E aí que o menino, o maior fã de futebol que eu conheço, ficou de escanteio — não conseguiu estar nem na abertura, nas quartas ou oitavas, ou na final acompanhando o jogo jogado bem, ou mal, posicionado na arquibancada dum estádio. Foram 45 minutos duplicados em dois tempos, mais acréscimos e penalidades o castigo dado a ele. Nem um joguinho sequer.

Ele que de pequenininho tem foto com uniforme completo, até meião. Defendeu times da turma da rua como se fosse o mundo. Colecionou as figurinhas todas dos álbuns e apostava nos melhores da rodada no Cartola. Sabe que a rua pode se transformar em campo, que as traves são par de chinelos e até meia pode servir como bola, o que importa é balançar a rede imaginária enquanto a torcida grita gol. Série A ou B acompanha seu time entrar em campo, sabe o nome dos reservas e dos técnicos de todas as seleções formadas para defender os 32 países que este ano tentam ser o campeão da copa das copas, como vem sendo chamada esta que é a nossa copa.

Em casa, a família do menino montou então um aparato técnico para assistir aos jogos pela televisão; fazer o quê? Tem cerveja, pipoca, e uma torcida que combina com os gritos de alegria que vez ou outra ecoam pelas janelas dos vizinhos, misturando tudo numa alegria só, na melhor das hipóteses, que em disputa de dois, vencedor é um só.

Os ingressos da Copa foram distribuídos por sorteio, vejam só. Mas a alegria de vencer a competição pede uma combinação de treino, garra, talento e sorte, vejam bem.

A arte de esperar

Porque cada vez mais os pequenos abominam o tédio — é preciso estar ocupado o tempo todo, ativo, gastando energia, tendo aulas de inglês, dança, natação, passando horas em frente ao computador, entretido. Que tal montar um quebra-cabeça de mil peças?

Não há espaço quase para a criatividade que vem do ócio, do ter de inventar alguma atividade que dê alegria ou se permitir simplesmente ficar um pouco à toa, de pés pro alto, sem preocupações. Afinal, agenda lotada de compromissos inadiáveis deveria ser um dos itens chatos reservados à adulteza, que é quando é preciso optar sempre porque faltam horas na rotina e não se pode preencher os dias como se quer. Vai chegar o tempo que não sobra para fazer as coisas simples de que sentimos falta — bater um bolo para acompanhar o café, ouvir o barulho da chuva e uma música que tocava na casa dos pais, ler um livro inteiro porque ficamos entusiasmados com o que as páginas ofereceriam na sequência, não porque era critério obrigatório de uma matéria da escola e requisito básico para passar de ano.

Então aqui vai um elogio ao ócio, à espera, ao tempo matado com prazer, à sensação de estar e se deixar estar, simplesmente – no sofá, de cócoras na cozinha enquanto a mãe prepara o almoço, estirado em uma rede à beira da praia ou vendo os animais que têm hora para comer e pressentem a chegada da chuva e vão logo se esconder, inteligentes.

Só assim dá para perceber o que é invisível às telas do computador, à qual falta sensibilidade e não pode ser nossa única companhia. Encontre tempo para aprimorar as amizades, curti-las além do "joinha" comum da rede social e acumular boas histórias para compor sua memória, a que fica. Dê-se esse presente já, agora. Não procrastine o essencial. Que é preciso tempo para amadurecer, e nada é tão urgente que não possa se curvar à arte de esperar.

Se juízo fosse bom

O juízo é comemorado como uma das conquistas da vida adulta. Simbolicamente, é marcado pelo nascimento dos dentes do siso, que não à toa começam a despontar e já incomodam, além de serem os únicos não ofertados mais às fadinhas ou jogados no telhado. Não têm graça, portanto.

Quem tem juízo está autorizado a fazer quase tudo, porque conhece os limites impostos pela prudência. O poder está atrelado diretamente ao juízo segundo os padrões da boa conduta estipulados em nossa sociedade, já reparou?

Mas, convenhamos, se juízo fosse bom, bom mesmo, não se recomendava assim a torto e a direito, se vendia com valores etiquetados e bem posicionados entre os bens não materiais disponíveis no mercado.

Tenho a impressão de que aquilo que nos faz perder o juízo tem um toque de irresistível. Como uma boa comida, para os bons de prato. Uma cama pronta, com lençóis recém-lavados, para os preguiçosos. Ou um encontro interessante com alguém bem boa pinta, para os voluptuosos. A falta de juízo é uma das transgressões que pretendo manter na vida adulta, com moderação.

Dívida

Uma vítima da pedofilia. A definição trágica era a que mais se aproximava da verdade da sua existência, marcada absolutamente por esse fato ocorrido há mais de dez anos, mas ainda tão presente e nítido como o hoje.

Ainda conseguia se lembrar da menina que fora um dia, doce e ingênua. Mas a dor que se instalou com o acontecimento mudara tudo de uma hora para a outra, sem volta. Houvera aprendido preciosidades, é verdade. Mas a um custo demasiado alto.

Agora, mulher, estava prestes a exterminar as marcas do passado. Decidida a se vingar dos maus-tratos a que fora submetida, estava preparada para reencontrar aquele criminoso responsável por um acúmulo de sofrimento com o qual fora preciso aprender a conviver durante todos aqueles anos, dia a dia.

Já ensaiara intermináveis vezes como agiria e o que falaria quando esse dia enfim chegasse. Era um misto de ansiedade e medo. Mas, sobretudo, a resolução corajosa a mantinha firme – era um acerto de contas, devia aquilo à menina que fora um dia. Só assim seria possível seguir, acreditava.

Era chegada a hora. Saiu determinada, deixando a porta bater sonora depois de si.

Felicidade em caráter condicional

Tradicionalmente, o casamento marca a inauguração de uma nova família — a partir dali fica decretado, com bênçãos superiores, que se está autorizado a reproduzir e ser feliz para sempre.

Mas a escolha é bastante anterior à cerimônia. É desde o primeiro beijo, aquele que por sintonia já define que, sim, vocês são um casal e o namoro vai rolar. Porque essas coisas a gente simplesmente sabe.

Acontece que os padrões do que é família se alteraram, e as versões são múltiplas, incluindo a possibilidade de nem se ter filhos, por opção mesmo. E não há nada de errado nisso.

Embora você em segredo simule como seria se o filho existisse nessa relação, independentemente de qual fosse o resultado, o impulso biológico parece estar dormente, sem sinais de que desperte algum dia (até onde a ciência evoluiu, você faz as contas e é melhor que não demore mais do que dez anos, isso já considerando os termos a longo prazo).

Como os novos formatos de relacionamento e de composição familiar, as ideias de satisfação também devem seguir o movimento da evolução e ir além do modo binário de pensamento que adotamos por imposição. Porque no mais das vezes o bom e o mau e o certo e o errado não são suficientes para definir nosso sentimento em relação a uma decisão desse porte, que inclui a geração de um novo ser, de repente coexistindo neste mundão de deus e de (quase) todo mundo.

Que a única tradição possível seja a capacidade de fazer as próprias escolhas e ficar bem com isso. Filhos não podem e não devem mais ser medida para mais ou menos felicidade. A felicidade precisa já ser plena para então ser compartilhada, como um princípio fundamental da sociedade disposta a procriar. Gente feliz considera menos os "se" – felicidade incondicional.

A hora do jantar é a mais feliz

Rola uma curiosidade em conhecer o ambiente de trabalho dos pais, aquele lugar para onde vão enquanto esperamos por eles em casa. O que pode haver de tão legal lá que eles preferem (precisam) ir todo dia e passar horas longe da gente?

Acontece tanta coisa durante o meu dia que eu queria tê-los por perto para poder contar, exibir minhas evoluções no desenho e na natação, contar até 100 sem pular nenhum número, mostrar que meu prato tem cinco cores e eu comi tudinho, e eu até cresço um pouquinho por dia, mas só quem passa bastante tempo sem me ver nota.

É por isso que a hora do jantar é a mais feliz. Eles voltam bem cansados, é verdade. Mas podem ouvir um resumo do meu dia e me levar para a cama no colo depois de eu já ter dormido no sofá.

Até ontem era assim. Mas aí que eu precisei acompanhar a minha mãe no trabalho dela, e ela me explicou que eu me comportasse e esperasse até que o expediente acabasse (seriam oito horas e isso era bastante mesmo). Fiquei entediado só de receber a notícia — em casa eu teria tanta coisa para fazer, minha televisão, as tarefas da escola, até a visita do vizinho poderia ser mais legal.

Mas, de repente, virei o centro das atenções das colegas de escritório da minha mãe, alegres por aquela "quebra da rotina", disseram. Fizeram de tudo para me distrair, perguntaram um milhão de coisas sobre mim e compraram doce de sobremesa. Até arrumaram um banquinho para que eu ficasse por ali perto. Foi legal ver como é o lugar onde a minha mãe passa oito horas por dia todos os dias antes de voltar para casa – ela também usa muito o computador e não vai poder mais implicar comigo.

Na hora do jantar, já em casa, contamos as novidades pro papai. Minha mãe, satisfeita, disse: "É um luxo de repente poder ouvir aquela risada gostosa de criança no meio da tarde".

Na hora do jantar, eu já estava exausto; acho que não quero mais crescer para não ter que trabalhar, é mais legal ser criança mesmo. Crianças são a quebra na rotina. "Um acontecimento tão diferente do que nos acostumamos no dia a dia da empresa – cheio só de responsabilidades e obrigações", contou minha mãe ao meu pai, ainda na hora do jantar.

O parto

Há nove meses, existia apenas na ideia – uma possibilidade. "Talvez eu tenha filhos, dois". E embora eu acreditasse ter o perfil de mãe de meninos, sempre só tive palpite pros nomes de meninas, Teresa e Maitê.

Há pouco, somos três. Nasceu de parto, normal, como deve ser. Ainda tentava adivinhar como seria, se se pareceria comigo ou com o pai, tão bonito, quando apertaram as contrações e um táxi me levou ao hospital. Demorou a abandonar meu colo da gestação, ainda que eu fizesse força para expulsar e pedisse que fosse breve, que já bastava a dor. Decidiu vir às oito horas e trinta e três minutos deste vinte de maio, em que a partir de hoje a cada ano será comemorado seu aniversário. Viva, nasceu Isabel!

Há, enfim, a minha oportunidade de descobrir o que é isso de ser mãe, e entender o que é padecer no paraíso como vinha escrito naquele cartão precoce de dia das mães que entreguei à minha sem nem atinar o que é padecer, nem sequer ter experimentado o paraíso. Você já?

Há tanto nisso de de repente estar dividida, duplicada, reinventada em um ser que é seu, mas que não lhe pertence. Depois de dar à luz, expressão cotada a desaparecer, ser banida da circulação ou cair em desuso, por favor, não se é mais, somos.

A ida

Da poltrona de número 16 do ônibus da ida que nos levava da cidade grande ao nosso destino, eu saberia inevitavelmente alguma coisa das crianças às quais também dava carona, por força da proximidade dos corpos separados no máximo por um corredor.

À frente, embora eu só o tivesse visto enquanto procurava seu lugar, estava Pedro, ansioso por encontrar talvez de novo os outros tantos colegas de mesmo nome que conhecia – o Pedro da tia Clélia, o Pedro da escola, o Pedro da rua – e que ia assim contando para preencher o tempo de estrada que nos mantém todos reféns de uma poltrona até a estação final. O Pedro da frente me fazia pensar no outro Pedro, o namorado, motivo da viagem e quem encontraria ao fim daquela hora preenchida pela lembrança de Pedros que eu não saberia quem são, e não me importava.

Imediatamente ao lado, estava a mãe do Guilherme, que não estava muito pra papo, não. O celular e o que ele guardava tomavam toda a atenção, e o Guilherme só conseguia respostas cortadas, cheias de má vontade, mesmo que ele se esforçasse com a entonação das perguntas. A mãe encontrou um jeito: "Você não quer ver seu pai? Dorme que logo a gente chega e quando você acordar vai encontrar com ele". O menino dormiu dali pra frente com a promessa de em breve reencontrar o pai. Não deu mais um "piu", e a mãe pôde seguir entretida, com o menino acomodado no colo, entre ela e a tela.

Atravessando o corredor, ainda nas poltronas que me margeavam, estavam os irmãos Júlia, já crescida, interessada e disponível, e Guilherme, mais um, ainda neném de colo, todo vontades indefinidas. Resmungou o trajeto inteirinho, não tinha motivo para chorar, mas resmungava mais por força do hábito — imaginei o Gui a resmungar o dia todo, acreditando que a única ocupação da mãe fosse lhe adivinhar as vontades. Júlia tentava distrair o caçula a todo custo, inclusive cedendo a agenda bem cuidada que ganhara da avó e que o irmão folheava sem modos enquanto ouvia da mãe uma história inventada de improviso. Depois tentavam um sem fim de cantigas nunca atualizadas, mas não era fácil convencê-lo a dormir.

Foi só descer do ônibus, naquela rodoviária ainda desconhecida que eu voltaria a visitar em dois dias, para, sem ressentimentos nem saudade, deixar tudo pra trás — filhos que não eram os meus.

A lógica imprevisível das crianças

Curiosos por ainda conhecerem pouco e animados pela vontade grande de superar logo o atraso, as crianças desenvolveram naturalmente uma lógica própria, só delas. Uma lógica não inventada, mas tão específica que já vem inclusa no pacote.

A lógica imprevisível das crianças, que é uma das mais astutas e puras que permanecem, apesar de, pode nos surpreender, como acontece no mais das vezes, e pode nos fazer pensar que talvez as coisas mais simples sejam mesmo as de mais sentido. São capazes de simplificações, não das fáceis, mas daquelas que podem descomplicar o que os adultos arranjam como se não bastassem os problemas e as tarefas do dia a dia.

Acontece quando falam pelos cotovelos e nos desconcertam com suas perguntas, tantas vezes difíceis de explicar porque não têm uma resposta definitiva; são questões abertas da humanidade, como "o que é poesia?".

Quando desafiam o estabelecido padrão imposto e provam que tudo bem desenhar um sapo com patas encaracoladas e escolher o roxo para colorir. E tudo bem se, de vez em quando, invertermos a sobremesa com o prato principal ou só comer batata chips no almoço. E está tudo bem se as configurações da família se alteram; para as crianças parece mais fácil entender e aceitar pais adotivos ou pais duplicados em figuras repetidas do mesmo sexo.

Crianças têm esse tal carisma natural e são abertas a receber o que está por vir, ansiosas e curiosas — porque mais do que saber quanto tempo ainda leva para chegar, é saber "que cidade vem depois dessa florestinha, mãe?".

Dias de glória

Uma velha bola encostada, muito suja, abandonada, lembrava seus dias de glória quando participava como heroína nos jogos da meninada.

"Ah, como esses moleques já precisaram de mim. Quando me jogavam pelo campo, me arremessavam para o céu. Lembro-me daquela tarde de sol, quando me chutaram bem forte e eu entrei direto no gol. A galera explodiu e eu fui agarrada com alegria na comemoração. Que folia. Agora estou aqui, toda empoeirada. Eles nem ligam mais para mim", desabafou ela em segredo.

E assim Rolilda passava seus dias – lamentando o tempo quando rolava de um lado para o outro. De vez em quando, em dias mais esperançados, pulava alto para ver se avistava seu dono vindo ao seu encontro, em vão. Até que um dia começou a ouvir vozes.

Era Dudu. E mais o resto do time todo. "Aqui está ela. Não precisamos mais nos preocupar, o jogo está salvo! Vamos jogar fora aquela bola furada, quem tem Rolilda tem tudo", sentenciou Dudu. E a turma seguiu confiante para o campo para mais uma rodada das eternas peladas de domingo.

P.S.: A história acima foi recuperada de um caderno de redação da segunda série que mantenho como recordação entre meus pertences de maior estima. Entre histórias infantis e narrativas ainda cruas, me chamou a atenção uma história com uma bola aposentada como protagonista, em memória aos seus dias de glória. Resolvi então que ela valia a pena ser repassada, com toque de mestre. Porque os jogos nos ensinam mais do que ganhar ou perder. A competição baseada no *fair play* e o senso de equipe são práticas valiosas do esporte, e desde cedo se aprende que um time pode mais que só um jogador "fominha" tentando a todo custo mostrar o seu futebol em dribles vãos e jogadas mal costuradas.

Metamorfose ambulante

Calma, são sinais de que você está crescendo, não precisa ter medo. É natural. Vão aparecer pelos onde antes era uma pele nova lisinha, suas formas vão se definir melhor e vão despontar seus seios de mulher feita, em breve. Sim, eles estão aí e são lindos. Vão até fazer sucesso, pode apostar. Aceite também estas visitas mensais – elas incomodam de tão vermelhas, mas depois você se acostuma.

Também preciso dizer: ame-se desse jeitinho mesmo que você é – afinal, igual a você ninguém mais. Isso é importante, não esqueça nunquinha, por favor.

Não tenha pressa. É um processo contínuo de transformação. Muita coisa deve mudar ainda. Mas, embora as formas se alterem, o conteúdo – que também vai ser aprimorado – deve continuar o mesmo na essência, porque por fim é ele que define e faz de você a pessoa incrível que é, desde sempre. Forma e conteúdo estão atrelados, filha – não adianta que um evolua se o outro não acompanhar. Garanta que eles permaneçam juntos, e saudáveis.

Cuide bem do seu corpo e lembre-se sempre que você é dona dele – você é a responsável pela palavra final, o que decidir está decidido. O corpo é território particular. Para alguns, pode ser um santuário até.

A palavra "mais grande" que existe

Adultecer, entre outras coisas, é conquistar a permissão para falar palavrão, embora continue sendo feio, não se engane. Pode até parecer que eles são acessórios que nos ajudam a nos expressar melhor e que em certas situações só eles conseguem significar o sentimento real, mas é tudo baixo calão.

Crianças vivem pelo dia em que estarão "autorizadas" a participar desse jogo sujo. Enquanto isso, nutrem uma estranha obcecação por uma parte bastante específica do corpo humano, cujo nome é uma palavrinha bem pequena e corresponde a um centro de atividades bem triviais e simples do cotidiano de todo mundo. Por ironia, é um palavrão só quando acompanhado de uma ordem.

O divertimento também fica garantido quando tentam reproduzir repetidas vezes a palavra "paralelepípedo", um clássico dos desafios lançados pelos tios em almoços de família, que logo se transformam praticamente em trava-línguas complicados e embaraçados.

Outras que fazem rir de tão grande, embora elas mal saibam o significado, são ecoadas com dificuldade, porém com esforço empenhado: "papibaquígrafo", "anticonstitucionalissimamente" e "otorrinolaringologista". Melhor adotar esse tipo de brincadeira do que xingar a mãe do outro, que é tipo uma entidade, cada um tem a sua e não se deve mexer com isso.

Quer uma dica para presentear uma criança em seu próximo aniversário? Conte a ela qual a maior palavra da nossa língua portuguesa registrada em dicionário, com 46 letras, todas de mãozinhas dadas umas com as outras. Claro, se você mesmo for capaz de decorar ou reproduzir. O.k., vale colar: "pneumoultramicroscopicossilicovulcanoconiótico". Talvez isso incentive ainda mais o gosto por palavras maiores do que tudo, talvez não.

Dono (quase) absoluto do universo

Se eu pudesse escolher, gostaria de ser um planeta eu mesmo. Um que ainda não houvesse sido descoberto pelos habitantes de outras galáxias.

De forma triangular, meus polos seriam coloridos e alternáveis dependendo do humor. Minha viagem de rotação seria diferente da dos demais planetas; eles são malandros demais e querem apenas se beneficiar dos encantos da rainha solar.

O universo seria finito, mas ainda assim imenso de vastidão extrema. Por uma distância de muitos anos-luz, eu reinaria isolado, absoluto. Em meu sistema, eu seria o preferido e muito, muito cobiçado – afinal minhas cores significavam uma atração de encantamento à parte.

Sem esforço, eu poderia conquistar qualquer fenômeno natural que desejasse. As nuvens morreriam de frio apenas por olhar para mim, e choveriam.

O corpo humano nosso de cada dia

Uma preocupação comum entre os pais é encontrar a melhor maneira de responder as várias perguntas dos filhos quando eles inauguram a interminável série dos "porquês".

Um "porquê" bastante clássico é querer conhecer de onde vieram e como isso aconteceu e entender as diferenças básicas entre meninos e meninas.

Para responder o primeiro questionamento, os pais geralmente recorrem ao blá-blá-blá furado sobre a cegonha que os trouxe depois de pedirem muito ou se aproximam mais da verdade contando a história de que plantaram sementinhas, uma do papai e outra da mamãe, que logo se juntaram e deram origem a você, filho.

A segunda pergunta é tomada pelos pais como algo natural, afinal, oras, é isso aí mesmo, óbvio, porque logo de cara dá pra perceber. Meninas são limpinhas, cuidadosas e delicadas, têm cabelo comprido e são vaidosas. Os meninos são ativos, não gostam muito de estudar, mas amam futebol e brincar na rua.

Cuidado, pais e mães. O senso comum é tão nocivo; pode infestar toda uma geração com seus espinhos de informação torta e quadrada. Uma dica é recorrer aos livros, tão instrutivos e até ilustrativos. Ler com e para uma criança é uma boa forma de apresentá-la ao mundo e resolver seus questionamentos, naturais e abundantes.

Porque, se formos investigar e se estivermos realmente atentos aos detalhes, as diferenças vão muito além do que os nossos olhos conseguem ver, acostumados com a rotina e não treinados a enxergar aquilo que realmente importa – o que faz de nós cada um de nós.

Conhecer qual a nossa origem, de onde viemos, e entender que a diferença vai muito além da classificação "menino" e "menina" é também um caminho para o entendimento entre as gentes.

Querido diário,

Em cada um de todos nós existe uma parte que precisa do outro. Que seja uma referência, um exemplo, um ombro amigo, ou a falta de gravidade que leve nosso coração lá pra onde o arco-íris termina. Com exceção do homem do saco e da proibição em falar com estranhos, ninguém nos avisou que a comunicação pode assumir feições perigosas de vilã. É um jogo de intenções em que entramos para ganhar. Por isso, às vezes esquecemos as regras e apostamos no vale-tudo. Oferecemos alguma coisa e devemos aceitar o que o outro está disposto a ceder.

O golpe baixo mais malicioso de que se tem notícia é a manipulação. Com requintes de esperteza e carisma, sua base fundamental é a maldade mesmo.

Não vá pensando, leitor desavisado, que isso é papo pra gente grande, não. Pelo contrário, o que vou contar é sobre uma menininha de apenas seis anos, cheia de malícia e com pleno domínio dos truques da manipulação, com a qual convivi por cerca de quatro meses e nunca mais vi.

Para entender isso aqui, é preciso que você tenha tido um amigo. E mais, um bom amigo que, por um motivo qualquer, geralmente uma pequena bobagem sem grandes consequências, você tenha perdido.

Descarte, pois, este texto se você não se enquadra na situação anteriormente descrita. Assim saberei que me entenderão todos, já que falo somente àqueles que sabem do que eu tô falando. E não me levem a mal, por favor.

Logo de pequenos, cada um de nós descobriu em si uma parte que pedia pelo outro. Então, instintivamente, passamos a reproduzir frases feitas programadas no "aperte aqui" dos nossos bracinhos ou das nossas barriguinhas, como aquela do "olá, quer ser minha amiga?!" ou ainda a do "que tal um passeio?!".

Quase que sabemos, intuitivamente, que cedo ou tarde essa bobagem à toa poderia vir a se espetar em pequenas traições e grandes mágoas.

Só você, agora sim, leitor selecionado, vai entender. Sem deixar cair o queixo, além do mais, quando eu mostrar a página cor-de-rosa do diário da menininha, arremessada pela manhã na lixeira da esquina que dobra a minha casa:

"Querido diário, hoje é meu aniversário. Faço seis anos e acordei com o pé direito. Fiz minha cama pra agradar a mamãe. Ela já me esperava na cozinha com um sorriso no rosto e o café na mesa. Comi todo o sucrilhos colorido do tucano, e ela me deixou na creche.

Todo mundo quis sentar do meu lado, acredito que esperando um convite pra minha tão esperada festinha. Não quis brincar com alguns deles e escolhi a dedo quem teria permissão para ver minha lancheira nova da *Barbie*.

É um grande aborrecimento isso de ter de dar atenção e ser boazinha só porque é seu aniversário ou porque a mamãe pede como condição pra ganhar presente do Papai Noel. Ele custa mesmo a chegar e nunca faltou com o melhor presente pra mim. Acho que esse papo todo é uma boa lorota que inventaram para nos manter todos sob controle. Agora eu já sou grande.

Quando mamãe perguntou, disse que o dia foi ótimo. Só não contei, meu diário, que não quis convidar a Marcela pra minha festa. Segredo, tá?! Até amanhã".

Tirar a sorte grande significa, leitor meu e do querido diário da menina, tão somente jogar limpo – por na mesa a, tantas vezes esquecida, carta ás de copas do compartilhar.

A menininha que não conhecia a saudade

A história que vou contar agora é sobre a menininha que não conhecia a saudade. Nunca teve a quem amar. Não tinha quem a esperasse. E não é porque era nova demais ou desligada demais, mas simplesmente porque não conhecia o sentimento da saudade.

Quando questionada sobre o assunto, cada criança, superficialmente, respondeu do que era que tinha saudade: da mãe, do pai, de alguém que morreu, de brincar mais ou até mesmo de uma comida, coisa simples.

Com exceção da morte, irremediável, todos os motivos de saudade são logo supridos pelas crianças, porque a solução está perto, fácil de ser encontrada. Fazem parte de um passado próximo e não costumam durar mais que uma semana: uma viagem dos pais, um fim de semana sem os colegas da escola, por exemplo.

Mas o que me intrigou mesmo foi a insistência com que a menininha que não conhecia a saudade me respondeu que não sentia saudade. Como se ela conseguisse manter-se num eterno presente. Os sabores, digeria. Os sons, dissipava. O toque a tocava e pronto. As imagens sempre à frente; o passado ficava em seu lugar, atrás.

E era tão grande a concentração que desprendia para se focar no aqui e agora daquele tempo que essa força não a deixava se perder no que era uma vez.

Penso então que nostalgia é para os desocupados e desatentos. Se os adultos conhecessem a receita mágica daquela menina, não se desgastariam tanto remoendo o passado ou tentando adiantar o futuro nos seus sempre movimentados e desconcertantes pensamentos.

A menininha simplificou a receita, contando simplesmente que o que é, é. O que tinha de ser, seria. O que foi, foi e não volta. "Não volta?!", exclamou de repente, surpresa. Foi aí que, finalmente, a menininha que não conhecia a saudade soube que sentia saudade sem saber.

Passou a pertencer a um tempo remoto cheirando à naftalina que a fazia lembrar e se doía (como doía!), a ideia martelando sempre as cores, sabores, sons, imagens que outrora possuíra.

De tanto doer, andou e se encontrou lá.

Lá onde a gente vive e lembra e sofre e ama e luta. Lá onde a saudade existe. Lá onde há coisas a se conhecer, se apegar, se perder... e, então, o que fica lá, no fundo, bem no fundo do coração, é um restinho agridoce de saudade.

O de dentro das gentes

O que vem por dentro ninguém conhece até que estejamos dispostos a convidá-los para entrar. E não é qualquer um que deve pisar em territórios exclusivos do nosso infinito particular, é preciso convite de honra e outras formalidades, vou logo avisando.

Porque manter as aparências é fácil, é como se bastasse desenhar uma carinha alegre em sua pipa para que ela voe sempre contente e contagie todos até nas alturas. Mas não dá para esconder de si o que vai por dentro – o sentimento não pede licença, vai se instalando discreto e de repente já tomou conta, dono de tudo.

O diálogo ainda é a melhor forma de entender o outro. Julgamentos de cara são perigosos e geralmente levam a conclusões enviesadas. É importante sondar pelas frestas de vez em quando se não se consegue entrar pela porta principal – estar atento, portanto, aos mínimos sinais, que podem manifestar o que se guarda lá dentro.

Só assim podemos perceber, por exemplo, se a criança está enfrentando algum tipo de problema com os colegas da escola ou se está experimentando alguma dificuldade em casa. Dificilmente ela vai se abrir, revelando o que se passa, mas, se você conhecer como atingir os pontos essenciais com cuidado e carinho, pode ganhar mais que revelações. Seu cantinho cativo lá dento estará garantido.

O mais longe que se consegue ir

A gente criança acredita que pode quase tudo, inclusive voar se a gente quiser. Mas aí a gente cresce e percebe que ser jovem é pular de um penhasco, e descobre que voar é só para passarinhos.

E aí está inaugurado um período de desilusões e grandes revelações — aprendemos que querer não é poder. Empenho e disciplina são rigorosos fatores para se ter o que se quer, aprende-se logo cedo. Poder pertence a outra categoria; não está disponível assim, de mão beijada.

Mas é difícil desistir da ideia de voar — e insistimos querendo criar asas. Porque o objetivo final é sempre querer ir o mais longe que se consegue ir. A gente cresce, estuda, trabalha, namora, mas queria mesmo era um dia poder criar asas e enfim voar. Quem sabe lá bem no alto já estejamos livres das preocupações que nos ocupam o dia a dia e nos prendem a questões miúdas de uma existência em vão.

Talvez voar sem sentido faça sentido.

O pior castigo

Castigar uma criança destinando o tempo em minutos ao equivalente à sua idade pode funcionar como técnica para mantê-la quietinha pensando sobre seus últimos atos e por que está ali. Mas o que de tão grave uma criança pode fazer para merecer um castigo? Adultos fazem pior e não são castigados.

São estripulias marotas que logo perdem a graça. Desafios para não comer o que não quer e birrinhas chatas em períodos sonolentos. A educação deve estar pautada em diálogo e respeito, afinal crianças são quase gente grande, só que ainda pequena.

É senso comum conhecido a ingenuidade das crianças, elas não devem fazer por mal para tirar você do sério. Relevar e contar até três era a estratégia adotada lá em casa – se em três tentativas a gente não obedecesse, só então minha mãe partia para decisões mais drásticas.

Uma vez colocou-nos os três de castigo. Cada um deveria permanecer em silêncio em um quarto escuro, sem comunicação com os outros nem com o resto do mundo. Eu fiquei com o quarto do casal, uma suíte. Quando me dei conta, estava no banheiro iluminado dando risada dos outros dois que permaneciam sem saída nos seus cantinhos escuros.

Não adiantou de nada, é claro. E minha mãe percebeu logo que o castigo não era o pior castigo. Em mais algumas tentativas, encontrou a resposta: o pior castigo era a indiferença, quando avisava que não queria conversa nem ouvir mais nenhum "piu".

Em apuros

Havia a restrição clara de que o banheiro do ônibus estava reservado apenas para o "número um" naquela viagem; o guia logo avisou para que não houvesse mal-entendidos. Deveríamos estar preparados para já entrarmos no meio de transporte que nos levaria de volta para casa com as pendências intestinais resolvidas e em dia.

Embora a gente conhecesse bem a regra de antemão, nos aventuramos mesmo assim a experimentar os pratos mais exóticos justo na última refeição antes de partir.

E aí que o resultado foi, digamos, desastroso. Não deu outra, claro.

Eu e o meu irmão passamos a revezar aquele cubículo chamado de banheiro, mais porque a plaquinha assim o designava, suando frio e passando muito, muito mal – de piriri dos feios. Às vezes a pressa era tão urgente que ele se anunciava com batidinhas na porta para que eu saísse logo, e eu reconhecia o código combinado entre a gente e me esforçava para desocupar o mais breve possível a moita.

Não dava mais para disfarçar, sequer negar a situação. O cheiro nos denunciava e as outras poltronas logo perceberam o que se passava ali no fim do corredor, no fundão do ônibus.

Por muitos anos, mantivemos a história sob o mais absoluto segredo, compartilhado apenas entre a gente, ainda um tanto constrangidos, as vítimas daquele bobó de camarão. Agora já estamos autorizados a contar aos amigos na mesa de bar e garantir boas risadas. "Porque intimidade é uma merda", anunciou a amiga dona desta história.

Algodão doce, bala de canhão

Casa. Era tudo o que eu queria. Era tudo o que eu mais queria naquele fim de tarde de segunda-feira longa e cansativa, que renova o processo de suor e luta diária. Desci do ônibus abarrotado de estranhos e ia pelo caminho que me levaria ao meu tão merecido objetivo. Mas eis que topo com uma surpresa. E surpresas nem sempre são agradáveis. Um susto. Duas meninas e um moleque. Um assalto. Queriam minha roupa. Eu só queria minha casa.

Vamos negociar. Tenho dinheiro. Vinte pra cada e eu pra casa. – O que mais você tem de valor, moça? Eu?!

Tanta coisa, quase nada. Corro. Corro de quê? Do estranho, do inesperado, daquilo que entrou no meu caminho. Não pediu licença, pediu minha roupa. Não convidei, não conheço, não tive escolha.

No dia seguinte, notícia de outra vítima próxima à padaria. Talvez o que mais quisesse fosse um pão. Pão com mortadela e guaraná sapão. Biscoito de polvilho, sequilho sequinho que dá água na boca, bolo de cenoura com cobertura melada brilhando ao sol do meio-dia daquele outubro da minha infância.

Ah! A cada escolha, uma renúncia. Depois do acontecido já ser fato e poder ir figurar entre as páginas do caderno de notícias com a pretensão de realidade que beira o drama, deito minha cabeça no travesseiro e me ponho a pensar: eu, uma semiburguesa mineira mudada para a cidade grande-interior do outro estado, ao invés da vida pacata com pão de queijo e vizinhos na calçada, quis estudar e quem sabe um dia trabalhar naquilo que escolhi estudar e que tenho pais e irmãos um em cada canto desse mundão e que peço a Deus a cada dia que os proteja, que os ilumine e eu que já amei, mas procuro um amor maior e que já briguei, já me magoei, já bati e já apanhei e eu que adoro dançar e sempre procuro um sorriso ainda que as lágrimas teimem em cair e eu que antes não cozinhava agora me viro que dá até gosto de ver e eu que já vi e que gosto do que vejo na imagem invertida do espelho e que não me canso de sempre querer mais amor, carnaval, doce, riso de criança e colo de mãe e eu que já senti o coração palpitar e quero que ele me salte do peito afora porque isso sim vale a pena e eu que sinto saudade, saudade de você, do que me enganei fosse meu e cuidei por destruir e das montanhas tão bonitas que cercam minha cidade lá pelas bandas das Minas Gerais e eu aquela mesma e tão outra que já nem sei mais quem sou. Eu que só queria minha casa. Elas que interromperam meu caminho.

Me peguei maldizendo a humanidade (ô, raça!) por um bocado de tempo. Depois cansei. E daí não veio a revolução. Cômodo ressentir, mas logo em seguida compactuar com aquilo tão errado, tão revoltante.

Interromperam o meu caminho naquela noite de segunda-feira há uma semana e quatro dias (só à noite venta por aqui), mas ele se recompôs, passou as mãos no cabelo, ajeitou a roupa (a mesma que não perdi) e continuou. Não pode parar. Ainda sigo decidindo o que fazer do meu dia, dos meus amores, da minha profissão não regulamentada, dos lugares que quero conhecer, da vida que alguém me deu e que eu cuido e que eu amo e que eu sofro e que eu construo até que o Acaso meta o bedelho.

Elas... quem sabe o que delas se fez? O que elas delas se fazem? Delas só o retrato falado no B.O.. Delas a memória do susto, do choro, do pouco doado à força. Que as vítimas não sejam as únicas coisas que mudem para elas — quer sejam as que querem ir para casa quer as que compram o pão de cada dia nas padarias da esquina. Sentimento altruísta não muda nada. Políticas quase nada mudam. Não sei o que será delas e o que fazem numa noite que venta tanto nessa cidade que só venta à noite. Não têm a chance de mudar aquilo tudo que grita por socorro. Não sabem de tanta coisa que eu sei e eu desconheço tantas manhas e tantas faltas que essa vida louca cuidou em lhes ensinar. Sobra tanta falta.

Ah! A cada escolha, muitas renúncias. Até esta crônica para começar escolheu aquela e não outra palavra. Poderia ser melhor. Ou pior. Certamente seria outra. Escolhi tudo. Mas talvez nada me fizesse mais feliz.

Muito prazer, eu sou você amanhã

Menina mineira de poucas palavras e muitos sonhos. Vejo cores no preto e no branco e o que é colorido faz festa em mim. Ser desse jeito assim: pensativa e curiosa, acaba me deixando o tempo curto, e cheio.

Observar a realidade dos outros fez de mim sensível às coisas. Vi, então, que já estávamos acostumados às tragédias – seja com o compromisso do suposto "real" nos noticiários, seja com um quê de espetáculo em programas ditos destinados a um público inferior, no sentido de classes, ou alienado. Às vezes, eles, nossos olhos, acompanham a receita de algum prato especial; em outras, acompanham uma apresentadora em carros que dificilmente poderão ser comprados. Miram algo sobre bolsas de valores e inflação, algo sobre seu arroz e feijão mais caros. Ora veem uma entrevista com aquele artista do momento ou espiam pessoas comuns vigiadas por câmeras, ora acreditam no social representado nesses veículos de comunicação.

Vi, então, que estávamos acostumados a reproduzir em linhas de produção tudo o que pudesse ser consumido aos sustos e às ganas. E assim aquilo tudo – que é tão pouco para lentes ambiciosas – fica esquecido em algum canto onde estão guardadas as coisas que realmente interessam: aquelas todas feitas de homem para homem, não de máquina para homem.

Eu, menina, vi cores no preto e branco do caderno de notícias.

Foi um sonho, mas acordei jornalista.

Prazer em vê-lo, até mais

Bem que a minha mãe dizia que a brincadeira acaba na hora certa de acabar. Antes que os ânimos se exaltem e tudo fique no choro sem vela, escorrendo aos montes as lágrimas de crocodilo.

Outra coisa que não dá certo nem nunca vai dar é brincadeira de mão. E é melhor obedecer antes dos três avisos, diretamente proporcionais — à medida que aumenta a impaciência vai diminuindo o senso público, com beliscões escondidos pela toalha xadrez do restaurante.

Quando a gente é criança não entende um monte de coisa. Como essa de que é melhor parar por ali mesmo. A gente teima que aquela é sempre justamente a hora quando a brincadeira fica mais legal.

Aí, quando a gente cresce, passa a entender um montão de coisa. Em compensação, também é proporcional às coisas que não entendemos e, poxa!, é mesmo complicado esse negócio de ser gente grande, não é mesmo?

Comigo gente grande (nem tanto assim, na verdade) aconteceu desse mesmo jeitinho. Reconheço que agora é o fim de um período e as lágrimas escorrem furtivas, doloridas enquanto molham. Acabou rápido como a historinha lida na cama antes de dormir, ou a maçã do amor derretendo ao sol do meio-dia, ou rápido como a noite do primeiro beijo roubado no portão sob os olhos e julgamentos implacáveis das vizinhas mexeriqueiras.

O que eu tenho de concreto é o que vejo passando nos desenhos feitos de nuvens ou nas aleluias que moram nos postes do finzinho de tarde do horário de verão que não consigo pegar. Sou só eu e a minha vontade de me firmar nesse mundão de todo mundo. Procurando me enquadrar em algum molde que me fosse exclusivo, mas que serve em tanta gente tão igual.

Ser tudo de mim e me defender por essas bandas. Dizer que de curiosa me fiz observadora. De pensativa passei para o papel. De sensível percebo o outro e somo a mim. De persistente e cautelosa, chego lá. De ousada e inquieta, mudo de lá, faço o que der, o que vier.

Percebo que o que me difere me aproxima, inevitável e invariavelmente, daquele logo ali, ao meu lado. Compartilhamos pedaços de mundos iguais e os colamos com cola branca lambuzando os dedos, cada um a sua maneira, num sincretismo de combinações.

Eu tão igual, mas tão diferente de todo mundo. E assim como todo mundo é feito de detalhes recortados com tesoura sem ponta, escolhendo a melhor pose ensinada pela professora do primário, mais o que os seus pais se esforçaram para lhe mostrar o que sempre esteve bem embaixo do seu nariz, mais as amizades que passaram por você e o que você a duras penas aprendeu, como amarrar o cadarço do tênis rosa choque fosforescente, colorir sem ultrapassar a linha, comer de boca fechada e não falar com a boca cheia, respeitar os mais velhos, usar as palavrinhas mágicas do por favor, com licença e obrigado, e muitas outras coisas que nos fizeram assim do jeito que a gente é; além de aceitar o fim da brincadeira sem a birra que merece umas boas palmadas. Por isso, afirmo aqui minhas diferenças e sigo tentando me firmar nesse mundão de todo mundo. Agora é hora de dar tchau.

Primeiras impressões

– Mãe, para onde o vento vai?
– Se você ficar parado e sentir o vento vai saber a direção dele.
– Não, mãe, eu quero saber onde vai parar o papel que o vento leva...

Tive essa conversa em um final de tarde qualquer com meu filho Lucas, o irmão gêmeo da Clara, que, na época, estavam com sete anos. O nascimento dos dois me tirou do eixo em muitos sentidos. Mas o tempo passou e eu, aos poucos, fui me refazendo. A maternidade foi um reencontro comigo mesma. As crianças proporcionam isso na gente, quando permitimos. Meus filhos ajudaram a me enxergar sem tantas máscaras e, com seu olhar curioso, resgataram a criança que me habita - todo mundo tem a sua. E me vi de repente imaginando para onde o papel vai quando o vento sopra. Passei a reparar na borboleta caída no meio da calçada. Descobri que as árvores, mesmo em uma cidade cinza como São Paulo, cumprem seu ciclo de florescer e morrer. Redescobri que a vida não é feita apenas da superfície, mas de camadas, muitas, e que a gente pode escolher para onde olhar.

E quando a Laís me contou a ideia desse livro e compartilhou comigo alguns de seus textos, fiquei profundamente emocionada. Ela estava dando voz à sua criança. E isso é para poucos. Somente para aqueles que sabem sentir o mundo com delicadeza e poesia. Mais do que isso: para aqueles que conseguem perceber as linhas finas da vida. De certa maneira, não estranhei Laís ter me apresentado um projeto tão lindo e cheio de essência. Meu primeiro encontro com ela já me mostrava o quanto ela sabia enxergar e o quanto mantinha seu olhar de menina curiosa em tudo que fazia. Eu já era editora-chefe da revista Vida Simples e ela me propôs um texto sobre cheiros e memórias e o quanto os aromas nos resgatavam. A partir daí, Laís sempre me mostrou um jeito de olhar para o mundo que ia além da superfície. E eu sempre adorei me deixar conduzir para saber até onde me levaria. E ela sempre me levou longe, me fazia mergulhar por cantinhos onde a maior parte das pessoas, cegas pela dureza do cotidiano, não consegue chegar. É que

Laís mantém dentro dela essa criança, que quer entender as coisas do mundo, perguntar e nunca parar de se surpreender ou se encantar.

Que as palavras de seu texto delicado, doce e nada óbvio tenham proporcionado esse encontro entre você e a sua criança. Quem sabe a gente não passe a ter uma vida menos programada e mais colorida, mais repleta de nós mesmos? As palavras podem nos levar tão longe quanto o vento. Só precisamos permitir que isso aconteça.

Ana Holanda

Uma leitura essencial para quem já descobriu (ou precisa descobrir com urgência) que preservar a infância por dentro é um reflexo da mais fina maturidade.

Márcio Vassallo

A crônica praticada por Laís recebe vários formatos, incorpora outros gêneros sem manifestar nenhuma preocupação com distinções, mas com a sensibilidade de explorar o universo da infância dificilmente alcançado pelos adultos insuportáveis que nos tornamos.

Krishnamurti Góes dos Anjos

Há uma sensibilidade apurada para ler nos vestígios da própria experiência os índices reveladores do afeto. Um livro delicado e sem medo de assumir que memória é, sobretudo, alimentada pelo afeto. Laís nos propõe de fato uma escavação que transforma não apenas aquilo que se sabe do passado, mas sobretudo do presente.

Marcos Vinícius Almeida

Laís canaliza as memórias da infância, suas vivências e matizes, com o imaginário ficcional. Os pequenos textos nos invadem e aos poucos desatinam sem doer em pequenas vozes que tomam vida e fôlego dentro de cada leitor.

Jorge Pereira

A suposta ingenuidade infantil não anula o refinamento e a simplicidade que a autora apresenta em suas narrativas, puras e objetivas, presenteando-nos com lindos relatos das melhores e piores lembranças de infâncias plurais. Um livro para ler não apenas com os olhos, mas com o corpo e a alma.

Aly Maltaca

Seus textos inserem-se naquele agradável campo indefinível entre poesia e prosa. Há potencialidade da linguagem poética, criatividade no entrecruzar dos gêneros, boa capacidade na criação de imagens, intertextualidade. Esse retorno à infância, ou à descoberta de mundo nessa fase da vida, não deixa de ser nostálgica, uma vez que, como diz a autora, "memória é herança".

Luigi Ricciardi

Contos curtos e cheios de poesia resgatam a delicadeza e a felicidade simples que a gente vai perdendo. Um suspiro no meio do caos. É para sorver devagar, um pouquinho por dia.

Laris Saram

Uma passagem direta à infância, ainda que olhemos aquele período com olhos adultos. Há de se sentir cheiros, ouvir vozes, relembrar ruas, casas de avós... Um livro, afinal, sobre crianças, mas também crianças que já cresceram.

Ana Lis Soares

Índice

- 7 Ser do tamanho que se pode
- 8 Xícara de chá, xícara de café
- 10 Sete
- 12 Diagnóstico
- 13 Gentileza
- 15 Longe, bem longe daqui e de nós
- 18 O curso das horas
- 19 A do meio
- 21 I, de infância
- 23 Domingo
- 27 A geometria da chuva e outras questões metafísicas
- 31 Quando as coisas são sem ser: é vazio
- 35 Sem título
- 36 Pra quando a hora chegar
- 39 Quarto quadrado de quatro cantos
- 42 A ladainha e o sermão
- 45 No recreio
- 49 Chorinho
- 51 Nome pra vida

- 53 **A espera**
- 55 **Bula**
- 56 **Os quintais**
- 58 **De: Para:**
- 61 **O que fica**
- 62 **Conexões remotas sem Wi-Fi**
- 64 **Fita vermelha**
- 66 **birra**
- 68 **Medos e outras superstições**
- 69 **Liberdade é para os fracos**
- 71 **Sonhos em conserva**
- 73 **O tombo**
- 75 **Aviso**
- 76 **Bê-á-bá**
- 80 **Tiro, porrada e bomba**
- 82 **Quando casar, sara**
- 85 **Negociação**
- 87 **1, 2, 3 e... já!**
- 89 **Prato do dia**
- 91 **Novela**

93 **Brincante**

96 **Tato**

97 **Dia 1**

100 **De crocodilo (ou ode ao choro)**

102 **Três vértices**

105 **Corujices incorrigíveis**

107 **Menor aprendiz**

111 **Matriculada**

113 **Livro de receitas**

115 **Geosmina**

117 **Coleção**

118 **O mundo vai acabar em água**

119 **De ouro**

121 **A medida dos dez**

122 **Filhos da mãe gentil**

124 **Romance rabiscado**

126 **Sorteio**

128 **A arte de esperar**

130 **Se juízo fosse bom**

131 **Dívida**

- 133 **Felicidade em caráter condicional**
- 135 **A hora do jantar é a mais feliz**
- 137 **O parto**
- 139 **A ida**
- 142 **A lógica imprevisível das crianças**
- 144 **Dias de glória**
- 146 **Metamorfose ambulante**
- 148 **A palavra "mais grande" que existe**
- 150 **Dono (quase) absoluto do universo**
- 151 **O corpo humano nosso de cada dia**
- 153 **Querido diário,**
- 156 **A menininha que não conhecia a saudade**
- 159 **O de dentro das gentes**
- 161 **O mais longe que se consegue ir**
- 162 **O pior castigo**
- 164 **Em apuros**
- 166 **Algodão doce, bala de canhão**
- 170 **Muito prazer, eu sou você amanhã**
- 172 **Prazer em vê-lo, até mais**

©2017, Laís Barros Martins

Todos os direitos desta edição reservados
à Laranja Original Editora e Produtora Ltda.
www.laranjaoriginal.com.br

1ª reimpressão, 2019, da 1ª edição, 2017.

Edição **Clara Baccarin e Filipe Moreau**
Projeto gráfico **Arquivo · Hannah Uesugi e Pedro Botton**
Produção executiva **Gabriel Mayor**
Revisora **Lessandra Carvalho**
Foto da autora **Pedro Ivo Trasferetti**

Dados Internacionais de Catalogação na Publicação (CIP)
(Câmara Brasileira do Livro, SP, Brasil)

Martins, Laís Barros
    A infância dos dias / Laís Barros Martins. – 1. ed. –
    São Paulo: Laranja Original, 2017.
    ISBN 978–85–92875–18–3
    1. Literatura brasileira I. Título.

17–09332   CDD–869

    Índices para catálogo sistemático:
    1. Literatura brasileira 869

Fontes **Graphik e Guardian Egyptian Text**
Papel **Pólen Bold 90 g/m^2**
Impressão **Forma Certa**
Tiragem **200**

Laís Barros Martins

Instagram **@lais_bm**

E-mail **lbm.laisbarrosmartins@gmail.com**